Por amor a un hombre

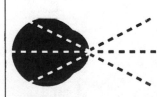 This Large Print Book carries the
Seal of Approval of N.A.V.H.

Por amor a un hombre

Anne Mather

Thorndike Press • Waterville, Maine

Copyright © 2001 Anne Mather.

Título original: A Rich Man's Touch
Publicada originalmente por Mills & Boon, Ltd., Londres.

Todos derechos reservados.

Todos los personajes de este libro son ficticios. Cualquier parecido con alguna persona, viva o muerta, es pura coincidencia.

Published in 2004 by arrangement with Harlequin Books S.A.
Publicado en 2004 en cooperación con Harlequin Books S.A.

Thorndike Press® Large Print Spanish.
Thorndike Press® La Impresión grande española.

The tree indicium is a trademark of Thorndike Press.
El símbolo del árbol es una marca registrada de Thorndike Press.

The text of this Large Print edition is unabridged.
El texto de ésta edición de La Impresión Grande está inabreviado.

Other aspects of the book may vary from the original edition.
Otros aspectros de éste libro podrían variar de la edición original.

Set in 16 pt. Plantin.
Impreso en 16 pt. Plantin.

Printed in the United States on permanent paper.
Impreso en los Estados Unidos en papel permanente.

Library of Congress Cataloging-in-Publication Data

Mather, Anne.
    [Rich man's touch. Spanish]
    Por amor a un hombre / Anne Mather.
        p. cm.
    ISBN 0-7862-6522-1 (lg. print : hc : alk. paper)
    1. Large type books.   I. Title.
PR6063.A84R5318 2004
    823'.914—dc22   2004046064

Por amor a un hombre

Capítulo 1

Ese que está sentado junto a la ventana no es Gabriel Webb? ¡Guau! —dijo Stephanie con los ojos como platos—. ¿Qué estará haciendo aquí? ¿Visitando los barrios bajos?

—¿Te importa? —dijo Rachel sacando una bandeja de pastas del horno rezando para que su amiga creyera que su rubor provenía del calor—. ¡Venir a mi café no es visitar los barrios bajos!

—Bueno, ya sabes a lo que me refería —exclamó Stephanie atándose el delantal—. Nunca lo había visto aquí, ¿y tú? Vamos, admite que no suele venir a la Despensa de Rachel.

—No tengo ni idea de dónde se suele tomar el café —contestó Rachel fingiendo que no llevaba veinte minutos preguntándoselo—. Lo único que importa es que lo pague.

—Ya, claro, no importa que elija este local en particular. Ya sé que Kingsbridge no es muy grande, pero tiene un par de buenos hoteles y sé de buena tinta que, cuando viene un ejecutivo de Webb's Pharmaceuticals, suele hospedarse en el County —contestó—. ¿Qué ha dicho?

—No he hablado con él —contestó Rachel—. Patsy le tomó nota.

—¿Y qué ha pedido?

—¡Vamos, por Dios, Steph! —dijo Rachel mirando a su amiga con incredulidad—. Una taza de té, para que lo sepas. ¿Satisfecha?

—¿Té? —dijo Stephanie mirando al ocupante de la mesa de la ventana—. ¿No ha pedido café?

—Té —repitió Rachel en voz baja—. ¿Te importaría ponerte con la lasaña? A este paso, nos va a dar la hora de comer sin haber hecho nada.

—De acuerdo, de acuerdo —contestó Stephanie levantando las manos con sorna—. Ya voy —añadió poniéndose a recoger una pila de platos—. ¿Sabes qué? Me he encontrado con la señora Austen en High Street y me ha estado contando que Mark y Liz están fenomenal en Australia. No había manera de hacerla callar. Por eso he llegado tarde. Parece ser que tienen una casa preciosa cerca de Sidney y que Mark tiene una empresa de barcos, esquís acuáticos y esas cosas. Qué bien, ¿no?

—¿Qué? Oh, sí —contestó Rachel.

No se había enterado de nada. Estaba

pendiente de Gabriel Webb aunque quisiera fingir lo contrario. Tenía la sospecha de que, quizás, había ido allí para hablar de Andrew.

No podía ser. Era ridículo. Hacía más de un año que no veía a Andrew. Lo único que sabía era que vivía en Londres y que su padre había vuelto a vivir hacía un año a la mansión que tenían en Kingsbridge, pero eso no tenía nada que ver con ella.

Andrew le había hecho daño en muchos aspectos y Rachel no quería nada ni con él ni con su familia. Su madre había muerto, pero, si Gabriel había ido a advertirle que no intentara ponerse en contacto con su querido hijo, perdía el tiempo. Rachel no tenía ninguna intención de dejar que aquel hombre volviera a entrar en su vida.

—¿Cuánto tiempo lleva ahí?

Rachel sabía perfectamente que Steph se refería a Gabriel, pero, como no quería hablar del tema, decidió malinterpretarlo a propósito.

—Cinco años, me parece. Liz y él se fueron cuando Hannah tenía un año. ¿Te ha dicho la señora Austen si han tenido niños?

—Muy graciosa —contestó Stephanie—. Sabes que no me refería a Mark Austen. ¿Qué te pasa? ¿Te da miedo ese hombre o qué?

—¿Gabriel Webb? —dijo Rachel sonrojada—. Pues claro que no, pero no entiendo a qué viene tanto revuelo. ¡Es un cliente más, por Dios! El hecho de que yo saliera con su hijo hace un tiempo...

—Así dicho parece que fue una cosa de una noche —protestó su amiga poniendo queso sobre la pasta—. Andrew y tú estuvisteis meses saliendo. Todo el mundo creía que ibais en serio hasta que su padre se metió por medio y lo obligó a dejarte.

—No fue...

Rachel se mordió la lengua para no decir nada inconveniente. Había preferido que sus amigos creyeran que la culpa de su ruptura la había tenido Gabriel Webb a admitir que la decisión la había tomado el propio Andrew. Había sido mejor para ella y para Hannah. No quería mezclar a su hija en todo aquello. Estaba segura de que el padre de Andrew se habría sentido tan aliviado como su hijo.

—Prefiero no hablar de eso —dijo dándose cuenta de que Stephanie estaba esperando a que terminara la frase—. Oh, Patsy —dijo volviéndose hacia la adolescente que acababa de limpiar las mesas—. ¿Te importaría colocar estos platos? Y pregúntale... al caballero de la ventana si quiere algo más.

—Muy bien.

Rachel cruzó los dedos para que aquello hiciera que Stephanie no siguiera preguntando. Sin poderlo evitar, miró hacia Gabriel Webb.

—¿Qué le debo?

Su voz era más atractiva y profunda que la de Andrew, más sensual. Aunque había salido con él varios meses, nunca le había presentado a su familia. La mayor parte de los habitantes de Kingsbridge sabía quién era Gabriel Webb, sobre todo porque salía continuamente en los periódicos, pero era la primera vez que Rachel lo veía cara a cara.

Se le secó la boca. Era más joven de lo que lo había imaginado. Debía de tener cuarenta y tantos. Tenía el pelo oscuro salpicado de canas y unas profundas ojeras. Rachel se preguntó si estaría enfermo y luego se arrepintió de preocuparse por él. El hecho de que tuviera mala cara y no llenara el traje no quería decir que fuera a aceptar su preocupación. No creía que fuera a ver con buenos ojos nada que procediera de ella... ni de su hija.

—Yo...

Stephanie debía de estar escuchando y le había dicho que su presencia le daba igual, que era un cliente más, así que debía seguir comportándose como si tuviera la situación bajo control.

—Eh... uno noventa y cinco, por favor —contestó.

—Bien —dijo él entregándole un billete de cinco dólares—. Gracias.

—¡Espere! —dijo Rachel. No quería su caridad—. El cambio —añadió Rachel tomando el dinero de la caja—. Ha olvidado el cambio.

—No lo he olvidado —contestó él yendo hacia la puerta.

Rachel lo siguió a pesar de que Stephanie la miraba sin poder creérselo.

—El servicio está incluido —le dijo tendiéndole el dinero—. Si quería dejar una propina, habérsela dado a Patsy.

Gabriel Webb tomó el dinero con resignación.

—¿Es necesario? —dijo en voz baja—. Sé que probablemente no le gusto, Rachel, pero creí que lo intentaría disimular delante de sus empleados.

Rachel se quedó de piedra. No solo porque la llamara por su nombre sino porque esperara que le cayera mal.

—No lo conozco, señor Webb —contestó en un hilo de voz.

—Precisamente por eso podría haberme concedido el beneficio de la duda —dijo él con los ojos oscuros brillantes—. Siento mucho que lo haya tomado como una ofen sa. No ha sido mi intención, pero le pido disculpas.

Rachel dio un involuntario paso atrás. Había algo en él que la confundía. No sabía qué era, pero sintió pánico, como si su cuerpo sintiera una conexión que no quería sentir. Había aparecido de repente, sí, ¿pero era aquello suficiente para hacerla sentir incómoda? Decidió que era porque se parecía mucho a Andrew.

Pero era algo más. Ambos eran altos, morenos y de piel aceitunada, como sus antepasados mediterráneos, pero los rasgos agotados de aquel hombre no se podían comparar a la belleza de los de su hijo. Además, Gabriel Webb tenía rasgos más duros, su belleza era menos convencional... lo habría sido aunque no tuviera señales de... ¿enfermedad?.,. Aun así, era guapo.

—Me alegro de haberla conocido por fin —dijo el hombre. Rachel no lo creyó. Obviamente, no podía pensar bien de una mujer a la que su familia y él se habían negado a conocer.

Gabriel se subió el cuello del abrigo para salir al frío de abril y se fue. Sin pensar en lo que hacía, Rachel se acercó a la ventana y descorrió la cortina para verlo cruzar la calle. Había sido un encuentro desconcertante y lo último que le apetecía era tener que vérselas con Stephanie. Tenía muy claro que su amiga iba a querer saber de qué habían hablado y no acababa de entender por qué no quería contárselo.

—Es guapo, ¿eh? —dijo su amiga—. ¿Qué te ha dicho? Parecía que estabais teniendo una conversación muy interesante.

—No ha sido así —contestó Rachel sonrojándose—. ¿Te ha parecido que estaba bien?

—Lo dices en serio? —preguntó Steph mientras volvían a la barra—. Sí, me ha parecido que estaba bien, todo lo bien que puede estar un hombre con una cuenta millonaria.

Rachel suspiró.

—No me refería a eso. Es como si hubiera estado enfermo o algo. Estaba muy pálido y tenía unas ojeras terribles.

—Se me parte el corazón —se burló su amiga—. Venga, Rachel, será porque no ha dormido bien. Los hombres como él suelen salir por ahí.

—Tú no tienes ni idea de lo que hacen los hombres como él —le espetó Rachel encantada de que entrara un grupo de clientes. Cruzó los dedos para que, a la hora de comer, Stephanie se hubiera olvidado de Gabriel Webb y del estúpido interés de Rachel por él.

La madre de Rachel llevó a Hannah al café cuando estaban cerrando. Solía esperar a que la niña llegara del colegio para ir a hacer los recados y terminaban en el café de su hija tomando un té y un trozo de tarta, si había sobrado algo.

Rachel se alegró de verlas. Aunque Steph no había vuelto a mencionar a Gabriel Webb en todo el día, habían estado tensas.

—Hola, cariño —le dijo a su hija dándole un abrazo.

—Hola, mamá —contestó la niña—. ¿Puedo tomarme una coca-cola, mamá? Por favor, por favor.

—No sé, no sé —contestó Rachel colocando la silla de ruedas de su hija junto a una mesa—. ¿Tú, mamá, quieres té como siempre?

—Estupendo —contestó la señora Redfern sentándose junto a su nieta—. ¿Pasa algo? —añadió con su acostumbrado sexto sentido.

—No —contestó Rachel apresuradamente—. ¿Por qué? —añadió yendo hacia la barra—. Un té y una coca-cola marchando.

—Ya me encargo yo —dijo Stephanie.

—¿No te importa?

—Claro que no —contestó su amiga—. Cualquier cosa por mi niña preferida. ¿Qué tal en el cole, preciosa?

—Me han dado una estrella de oro —contestó Hannah—. ¿Quieres verla?

—¿Me la enseñas? —dijo Steph mientras colocaba el té con dos tazas y el refresco en una bandeja—. Madre mía, eres la chica más lista de la clase. ¿Por qué te la han dado? ¿Por hablar en clase?

—No, tonta —contestó la niña riéndose. Rachel se sintió agradecida por que las diferencias con su amiga no interfirieran en el maravilloso trato que Steph siempre le dispensaba a su hija—. Estuvimos deletreando y yo escribí bien todas las palabras. ¡Veinte de veinte!

—¡Vaya, vaya! —exclamó Rachel fingiendo sorpresa—. Eso merece algo especial. ¿Te apetece un banana split?

—Sí, sí —contestó la niña.

Stephanie se fue tras servir el banana split a Hannah y un helado de vainilla a la señora Redfern. Rachel puso el cartel de Cerrado, bajó los estores y volvió a la mesa.

—Pareces cansada —dijo su madre—. Trabajas demasiado, Rachel. Deberías tomarte un día libre de vez en cuando.

—Tengo todos los domingos libres —contestó Rachel sonriendo—. Recuérdame que hable con Joe Collins antes del fin de semana. Hay un horno que no funciona bien. Espero que aguante hasta el domingo.

Su madre asintió.

—Te va a decir que te compres otro. No es la primera vez que falla.

—Si se puede arreglar, él lo arreglará —dijo Rachel muy segura. Miró a su hija—. Te gusta, ¿eh?

—Hmmm —contestó la niña con helado por toda la cara.

La señora Redfern aprovechó que la niña estaba concentrada en su merienda para hablar con su hija.

—¿Te has peleado con Stephanie? Cuando he entrado, he notado el ambiente un poco tenso.

No me digas eso. Los clientes entran aquí a relajarse, no a que les dé la bienvenida una oleada de hostilidad.

—Así que os habéis peleado... Bueno, no te preocupes. No creo que nadie más que yo se haya dado cuenta. Te conozco demasiado bien. ¿Qué ha pasado? ¿Ha vuelto a llegar tarde?

—Sí, pero no ha sido por eso.

—¿Entonces?

—Ha sido porque Gabriel Webb ha estado aquí esta mañana.

—¿Gabriel Webb? —repitió la señora Redfern sorprendida—. ¿El padre de Andrew?

—¿Conoces a algún otro Gabriel Webb?

Su madre negó con la cabeza.

—¿Qué quería?

Rachel suspiró y miró a su madre.

—¿Qué suele querer la gente que va a un café? Un té. ¿Qué iba a ser?

—Nunca habría dicho que alguien como Gabriel Webb viniera aquí.

—Eres la segunda persona que me lo dice hoy.

—Stephanie —adivinó la señora Redfern—. ¿Ha sido por eso la pelea?

—No.

—Espero que le hayas dejado muy claro la opinión que te merecen su familia y él.

—¡Mamá! Esto es un café. ¿Dónde estaría si adoptara ese tipo de actitud con mis clientes?

—No con todos los clientes. Solo con los que no te gustan.

—No puedo hacerlo.

—Claro que puedes. ¿No hay una ley que dice que existe el derecho de admisión?

—Esto es un café, mamá, no una discoteca —contestó ella limpiándole a la niña la barbilla—. Además, no tengo motivos para decirle nada. Vino, Patsy lo atendió, se tomó su té, pagó y se fue. Fin de la historia.

—Entonces. ¿por qué has discutido con Stephanie? Seguro que a ella no le ha hecho gracia que viniera.

18

—¿De quién habláis? —preguntó Hannah de repente.

—No lo conoces —contestó Rachel mirando a su madre—. No me importa si a Stephanie le parece bien que venga o no.

—Lo sabía. Sabía que él tenía algo que ver. Rachel, llevas años sin ver a los Webb, pero, en cuanto te mezclas con ellos, aparecen los problemas.

—¡No digas tonterías! —exclamó Rachel sin saber por qué estaba defendiendo a Gabriel—. Para que lo sepas, me ha molestado que Stephanie hiciera un comentario sobre su aspecto —suspiró—. Parecía enfermo, mamá, y no creo que fuera por unas cuentas noches sin dormir.

Su madre la miró ofendida.

—No sabía que te preocupara.

—¿He dicho yo eso? —dijo Rachel empezándose a cansar—. Eres peor que Steph. Ese hombre tiene derecho a venir cuando quiera. ¿Quién soy yo para oponerme?

—Nunca creí que te oiría defender a un Webb —contestó su madre—. Había oído que se había instalado en Copleys, pero pensé que tendrías cabeza como para no mezclarte con ellos.

—No lo había visto antes de hoy —protestó Rachel—. De todas formas, los problemas no fueron con él sino con Andrew.

—Andrew se limitó a hacer lo que su padre le dijo —dijo su madre con impaciencia—. Me gustaría saber por qué decidió venir a Kingsbridge. Me habían dicho que había estado un tiempo en Italia. Allí se podría haber quedado.

Rachel no dijo nada. A juzgar por su palidez, más bien parecía que hubiera estado encerrado en su piso de Londres.

Aunque el laboratorio original estaba en Kingsbridge, tenían filiales por todo el continente y la oficina central estaba en Londres. Eso le había contado Andrew, que también le había dicho que su padre trabajaba mucho. Seguramente, esa sería la causa de su aspecto y no las juergas, como había sugerido Stephanie.

Fuera lo que fuere, se alegró mucho de cambiar de tema cuando Hannah anunció que había acabado el helado y rezó para que su madre diera el asunto por zanjado.

Capítulo 2

UN par de veces durante aquella semana, Rachel miró hacia la puerta cuando se abrió. Sobre todo, si era un hombre solo quien entraba. Aunque una vez creyó que era él, Gabriel Webb no volvió a aparecer y ella se dijo que así era mejor.

El domingo por la mañana, Joe Collins fue a revisar el horno. Joe, que tenía una empresa propia, estaba divorciado y todavía no había cumplido los cuarenta, había desperdiciado tiempo y energías intentando convencer a Rachel para que saliera con él. Aunque era bueno, guapo y agradable con su hija, Rachel no quería tener nada con nadie. Su experiencia con Andrew Webb la había marcado y, a pesar de que su madre insistía en que nunca encontraría a nadie mejor que Joe, ella seguía sin aceptar sus invitaciones.

Tal y como su madre le había dicho, Joe creía que iba a tener que cambiar el horno.

—El problema es conseguir los recambios para estas máquinas tan viejas —le dijo tras hacer una reparación provisional—. De momento, funciona, pero no sé cuánto te va a durar.

Rachel suspiró.

—Ahora mismo no puedo comprar otro —confesó mientras preparaba un café para los dos—. Cuestan mucho y voy a tener que esperar un poco hasta que haya pagado algo más del crédito, para pedirle al señor Lawrence un adelanto.

—Tal vez te pueda conseguir uno de segunda mano —se ofreció Joe apoyándose en la barra y sirviéndose dos cucharadas de azúcar—. Te habrás enterado de que cierran la panadería de Chadwick, ¿no? No te preocupes, te elegiré el mejor horno que tengan y te lo revisaré de arriba abajo antes de instalártelo.

Rachel sonrió.

—Te lo agradezco mucho, Joe, pero no puedo permitirme ni siquiera uno de segunda mano. Tal vez, dentro de seis meses o así...

Joe se sonrojó.

—No hace falta que me lo pagues de una vez, Rach. Puedes quedártelo un tiempo de prueba.

—No —contestó Rachel sabiendo a lo que se refería. No podía aceptarlo—. Además, quién sabe lo que nos vamos a encontrar cuando quites el horno viejo. Probablemente, habrá que volver a pintar. No, no puedo. Tendré que apañármelas tal y como está, pero te lo agradezco.

—¿De verdad? —dijo Joe no muy convencido—. Creí que éramos amigos, Rach. Los amigos se ayudan. Sin motivo, sin más.

—Lo sé —contestó Rachel incómoda. Joe no solía ponerse así y ella no quería herir sus sentimientos—. Bueno... me lo pensaré añadió tomándose el café—. ¿Qué tal está tu madre? —preguntó intentando cambiar de tema.

—Bien —contestó él—. ¿Y la tuya? ¿Y Hannah?

—Están muy bien —contestó Rachel—. A Hannah le dieron una estrella de oro esta semana en el cole.

—Es una niña muy lista —sonrió Joe—. Larry habría estado muy orgulloso de ella.

—Sí.

No estaba tan segura. Larry no había querido tener hijos a pesar de que decía que sí en público. Rachel se había preguntado a veces cómo habría reaccionado ante la discapacidad de su hija de haber vivido.

—Supongo que te habrás enterado de que Gabe Webb ha vuelto a vivir en Copleys —apuntó Joe.

Rachel se preguntó qué era peor: hablar de su marido o del hombre en el que había estado pensando demasiado la última semana.

—Eh... sí, me lo han dicho —contestó desapareciendo en la cocina para fregar las tazas—. ¿Sabes por qué?

Joe la siguió.

—He oído que le han aconsejado que se tome las cosas de forma más tranquila durante un tiempo. Andrew no ha venido. Bueno, eso creo.

—¿Crees que me importa dónde esté Andrew Webb?

—No sé.

—Pues no —contestó sinceramente—. Después de cómo se comportó... —se interrumpió al darse cuenta de que había dicho demasiado—. Fue hace mucho. Ya es historia.

—¿Ah, sí? —sonrió Joe—. Cualquiera lo diría. No sales con nadie.

—No necesito a ningún hombre —contestó Rachel—. Ni lo necesito ni lo quiero. Siento mucho si te parece arrogante, pero es lo que siento.

—¿Sigues enamorada de Larry?

—¡No! —exclamó con demasiada vehemencia. Dudaba de haber estado enamorada nunca de Larry Kershaw. Había creído estarlo cuando se casó con él, pero pronto descubrió que él solo se quería a sí mismo. Además, no le había perdonado haber ocasionado el accidente que había dejado a

Hannah en una silla de ruedas—. Ya no creo en el amor.

Joe sacudió la cabeza.

—Rachel, sé que no has tenido buenas experiencias con Larry ni con Andrew, pero hay otros hombres, como yo, que no consideran que el mundo les deba nada. Te quiero y tú lo sabes. A ti y a Hannah. Haría lo que fuera por haceros felices.

—Lo sé —contestó Rachel sintiéndose fatal—. Pero no creo que hicieras bien en perder el tiempo conmigo.

—No creo que fuera una pérdida de tiempo.

—Sí, sí lo sería —contestó ella con firmeza—. ¿Cuánto te debo?

La semana siguiente hubo mucho trabajo. El tiempo mejoró y, al estar Kingsbridge muy cerca de Cheltenham y de Oxford, llegaron muchos turistas. Iban a ver las minas del priorato de Black Ford y la iglesia normanda de St. Agnes, y el café de Rachel se beneficiaba de ello.

Por suerte, Stephanie no volvió a hablar de Gabriel Webb. Rachel decidió que ya habían hablado suficiente de él y que ya era hora de apartarlo de su mente.

Pero el miércoles por la mañana apareció. Llegó a las diez y media y se sentó a la misma mesa. No miró a Rachel, pero era obvio que sabía que estaba allí y ella se sintió incómoda.

Patsy había ido al banco a buscar cambio, así que solo quedaban Stephanie o ella para atenderlo. Se preguntó si no habría esperado justo ese momento para entrar. Eso querría decir que habría estado vigilando el café. Decidió que se estaba volviendo paranoica, agarró la libreta y cruzó la sala.

—¿Qué le sirvo?

Gabriel Webb la miró con ojos enigmáticos. Estaba tan abatido como la vez anterior y Rachel se preguntó cómo podía parecerle atractivo si ni siquiera se había molestado en afeitarse.

—Un té —contestó.

Rachel lo anotó para no tener que mirarlo.

—¿Algo más?

El hombre dudó y ella estuvo segura de que lo había hecho aposta.

—¿Qué me recomienda?

Rachel se mojó los labios.

—Eh... no sé. Bizcocho de crema, tarta, pastas...

Gabriel sonrió.

—No, gracias. Supongo que no querría sentarse conmigo.

—¿Yo? —preguntó Rachel atónita. Carraspeó—. Lo... siento. No puedo. Tengo que trabajar.

—Claro, no tendría que haberlo dicho, lo siento.

Ella también lo sentía, pero apartó aquel pensamiento de su mente. Sonrió y fue a preparar el té. Notó que le temblaban las manos mientras ponía la leche y el azúcar en la bandeja.

—¿Qué te pasa? —preguntó Stephanie—. ¡Vaya, ha vuelto! —añadió con recelo.

Rachel no quería volver a discutir por el mismo tema.

—¿Te importaría llevárselo tú? —preguntó como si tal cosa.

Su amiga la miró con extrañeza.

—¿Yo? ¿Por qué? Está claro que viene a verte a ti. Me preguntó por qué...

—¡Steph! No empieces. Muy bien, ya se lo llevo yo.

Consiguió llegar a la mesa sin tropezar y sin tirar nada, pero, cuando se disponía a irse, él se lo impidió.

—¿Qué tal le va todo? ¿Qué tal está su hija? Se llama Hannah, ¿no?

Rachel se quedó con la boca abierta.

—¿Cómo sabe que tengo una hija? Bueno, supongo que se lo diría Andrew.

—Sí, pero yo ya lo sabía —contestó él—.

Tengo gente que se encarga de informarme sobre las mujeres con las que sale mi hijo.

Rachel se sonrojó.

—¿Espías? —dijo furiosa—. Perdone, señor Webb, pero tengo trabajo...

—No ha contestado a mi pregunta.

—Y no pienso hacerlo —contestó—. No me insulte intentando convencerme de que su hijo o usted se interesan por mi vida. Hace un año, no fui de su agrado y dudo mucho que lo sea ahora.

—No recuerdo haberme pronunciado en ese sentido hace un año —contestó él—. No puedo hablar por Andrew, pero mi pregunta ha sido sincera. Me enteré hace poco de por qué terminó su relación con mi hijo y... no puedo dar crédito a su comportamiento.

—Espera que me crea que usted no sabía lo que su hijo pensaba de Hannah? —dijo Rachel con tono burlón—. Pero si me acaba de confesar que lo tiene vigilado.

—Aunque no lo crea, nadie me informó de que la niña era paralítica —contestó—. Al fin y al cabo, su relación no duró mucho, como siempre con Andrew, claro.

Rachel levantó la cabeza.

—Hannah no es paralítica —le aclaró—. Es una niña normal y corriente que va en silla de ruedas... temporalmente.

—¿Es temporal?

—Creemos que sí —contestó Rachel cruzando los dedos a la espalda—. Su médico dice que no tiene ningún impedimento físico, pero... no quiere andar.

«Ni montarse en un coche con un hombre ni hablar del accidente», pensó Rachel.

Gabriel frunció el ceño.

—¿Quién le ha dado ese diagnóstico?

—¿Importa? Me tengo que ir...

—Por supuesto.

Rachel se fue dándose cuenta de que había hablado más de la cuenta y de que sentía que su conversación hubiera terminado.

—Bueno, bueno —comentó Stephanie—, parece que habéis encontrado algo en común, A ver si lo adivino: ¡Andrew!

—Te equivocas —dijo Rachel mirando a su amiga a la defensiva—. Me ha preguntado por Hannah.

—¿Por Hannah? ¿Cómo sabe que existe?

—¿Tú qué crees?

Rachel no quería admitir ante Stephanie que aquel hombre la había investigado. De hecho, cuanto más lo pensaba menos le gustaba, y se recriminó a sí misma haber dejado que la manipulara como lo había hecho. Sin darse cuenta destrozó el emparedado de huevo que tenía entre las manos.

—¿Dónde demonios se ha metido Patsy?

Stephanie le quitó la bandeja de emparedados de las manos.

—No te preocupes, no voy a decir nada. Cómo quieras llevar tus asuntos solo te concierne a ti.

—Lo siento, Steph. Me estoy comportando como una bruja, ¿verdad? ¡Es ese hombre! Saca lo peor que hay en mí. Si vuelve, te ocuparás tú de atenderlo. O Patsy, si es que vuelve algún día del banco.

—No se ha ido aún y, a juzgar por cómo te miraba, estoy segura de que volverá.

Rachel se las arregló para estar en la cocina cuando Gabriel se acercó a pagar. Aunque intentó convencerse de que le importaba muy poco lo que tuviera que decir, se descubrió a sí misma intentando escuchar lo que le decía a Patsy y sintió una punzada de curiosidad al oír reír a la chica.

Era ridículo, pero era así. De alguna forma, Gabriel Webb la había afectado. Para ser sincera consigo misma, debía admitir que retarlo le parecía una experiencia apetecible.

Esperaba que Gabriel volviera a la mañana siguiente, pero no fue así. Por la tarde, se puso a llover. A las cinco menos cuarto, su madre y su hija entraron en el café y Rachel las recibió encantada porque eso quería decir que su jornada laboral estaba a punto de terminar.

—Quiero un banana split —anunció la niña nada más entrar.

—¿Qué tal se ha portado? —preguntó Rachel a su madre.

—Me he portado bien, me he portado bien —dijo la niña.

—Se ha... esforzado mucho —contestó su abuela—. Ojalá no tuviera a esa fisioterapeuta —añadió sin que la niña lo oyera—. Es muy antipática. Estoy segura de que Hannah iría mejor con otra persona.

Rachel suspiró. No era la primera vez que su madre le decía aquello.

—¿Qué puedo hacer? El doctor Williams me la recomendó. Se supone que la señora Stone es una de las mejores.

—¿Quién te ha dicho eso? Es una mujer fría e insensible —protestó su madre.

—Mamá, estás exagerando...

—Mami, mami, ¿me das un banana split? Prometo comerme toda la cena.

—Muy bien —contestó Rachel.

—¿Sabes lo que he oído? Me han dicho que Gabriel Webb se ha venido a vivir aquí porque lo está tratando un neurólogo de Oxford.

Rachel se sobresaltó de su reacción ante aquella noticia. Los nervios se apoderaron de su estómago y sintió la urgencia de preguntarle a su madre dónde había oído aquello, pero consiguió controlarse. ¿Por eso estaban tan pálido? Dios mío, ¿qué le pasaría?

Terminó de preparar el banana split y se lo puso en la mesa a Hannah. Cuando se disponía a preparar un té para su madre y ella, se abrió la puerta.

Rachel sintió la corriente y oyó un grito ahogado de su madre.

—¿Molesto?

Era Gabriel Webb. Estaba mojado, con el abrigo de siempre abierto sobre unos vaqueros desgastados y un jersey de pico de color crema.

—Oh, señor Webb —dijo Rachel sintiéndose fuera de control. Su madre se estaba dando cuenta y estaba claro que no le estaba gustando—. Lo... lo siento, pero hemos cerrado.

—No me había dado cuenta —contestó él mirando el cartel de Abierto que todavía estaba en la puerta—. Como he visto que había gente...

Rachel sospechó que él sabía perfectamente quiénes eran aquellas clientas, pero no tuvo más remedio que presentarlos.

—Estas son mi madre y mi hija, señor Webb —dijo. Luego, miró a su madre con esperanza—. Mamá, este es el señor Webb... el padre de Andrew.

La señora Redfern no se levantó.

—Sé perfectamente quién es el señor Webb, Rachel —dijo sin saludarlo—. Hannah, ten cuidado, estás tirando el helado por toda la mesa.

—¿Quién es el señor Webb? —preguntó la niña en voz baja a su abuela.

—¡Hannah! —protestó su madre, que se quedó de piedra al ver que Gabriel se acercaba a la mesa donde estaban sentadas.

—Hola, Hannah —la saludó agachándose junto a la silla y mirándola con cariño—. Eso tiene muy buena pinta.

—Es banana split —contestó la niña.

—Sí, lo sé —contestó él sonriendo. Rachel se dio cuenta de que era la primera vez que lo veía tan relajado—. Cuando era pequeño, me encantaba. También los batidos de fresas. Creo que eran mis favoritos.

—¿A usted también le gustan los batidos de fresa? —preguntó Hannah con los ojos como platos—. Son mis preferidos, pero mamá dice que, si tomo banana split y batido, no ceno.

—Bueno, tu madre tiene razón...

—Cómete el helado, Hannah —intervino la señora Redfern—. Estoy segura de que tiene cosas mejores que hacer que hablar con una niña de seis años, señor Webb. Como le ha dicho Rachel, el café está cerrado aunque se me haya olvidado cerrar la puerta.

Gabriel se levantó.

—No pasa nada —contestó mirando a Rachel, que estaba avergonzada—. Tiene una hija encantadora, Rachel. La envidio.

Rachel abrió la boca, pero no dijo nada. Sabía lo que su madre estaba esperando que dijera, pero no podía.

—Gracias —murmuró—. Siento mucho... perdón por lo del cartel.

—Ya.

La miró un segundo más de lo estrictamente necesario y Rachel sintió que el mundo le daba vueltas. Gabriel se despidió de la niña, asintió con la cabeza de forma educada a la señora Redfern y se fue hacia la puerta.

Rachel dudó y fue tras él. Al fin y al cabo, tenía que cerrar la puerta, pero estaba claro que su madre no creía que fuera por eso. Ojalá no fuera tan transparente.

Seguía lloviendo y Gabriel se quedó de pie junto a la puerta.

—¿Tiene cómo ir a casa? —le preguntó.

Rachel asintió.

—¿Y usted?

Qué pregunta tan estúpida. Todo el mundo sabía que los Webb tenían una flota de coches con conductor y todo. Pensaría que era tonta por preguntar algo así.

—¿Qué haría si le dijera que no?

—No lo sé —contestó ella mojándose los labios—. Supongo que llamar a un taxi.

—Ah —sonrió él—. Supongo que no podría haber sugerido otra cosa.

Rachel se quitó un mechón rubio de la cara.

—¿Como qué?

—Bueno, es obvio que a su madre no le haría mucha gracia ir conmigo —contestó con amargura—. Quiero decir, si usted hubiera pensado en llevarme a casa, que lo dudo.

—Supongo que me está usted tomando el pelo, señor Webb. Siento haberle hecho perder el tiempo...

—No he perdido el tiempo —la contradijo—. Así he conocido a su encantadora hija.

—¿Por qué quería conocerla? —preguntó Rachel a sabiendas de que su madre se estaba poniendo cada vez más nerviosa.

—No he dicho que fuera mi objetivo principal —contestó subiéndose el cuello del abrigo y mirando la lluvia con resignación—. Conocer a Hannah ha sido toda una sorpresa.

Rachel se quedó mirándolo. De perfil, tenía rasgos duros, pero bonitos, pómulos altos y labios finos y sensuales. Su aspecto la perturbaba y volvió a sentir aquella punzada de pánico. No quería sentir lo que sentía cuando lo tenía cerca.

—Creo que será mejor que se vaya, señor Webb —dijo asustada de sí misma.

—Llámeme Gabriel —contestó él mirándola—. O Gabe, si lo prefiere —añadió mirándole la boca—. Ahí está mi coche —concluyó cruzando la calle y metiéndose en un Mercedes plateado. Le dijo adiós con la mano, pero ella no se movió. No podía terminar de creerse que hubiera ido a verla a ella.

Capítulo 3

HAS vuelto a ver a ese hombre?
Era domingo por la noche y Rachel estaba bañando a su hija. Hannah adoraba estar en la bañera y, a veces, Rachel creía que la veía mover las piernas entre el agua jabonosa.

La señora Redfern estaba de pie en el baño y Rachel la miró de reojo. Las tres vivían en Maple Avenue, residencia de la familia desde hacía veinticinco años. Su padre había muerto hacía más de diez años y, tras la muerte de Larry, Rachel pensó que lo mejor sería volver a vivir con su madre. La casa era lo suficientemente grande y Rachel nunca se había arrepentido de su decisión.

Si su madre no hubiera cuidado de Hannah, ella no podría haber vuelto a la universidad ni haber montado su negocio. No habría disfrutado de la seguridad que tenía en esos momentos. Por eso, se sintió culpable al detectar resentimiento dentro de sí misma ante las palabras de su madre. No había vuelto a hablar de Gabriel desde el incidente del jueves, pero había estado esperando que ella hablara de él en algún momento.

—¿Qué hombre? —preguntó Hannah, siempre alerta ante cualquier posible cotilleo.

Rachel miró a su madre.

—No lo conoces —contestó a su hija. Volvió a mirar a su madre—. No lo he visto, ¿y tú?

—No hace falta que te enfades, Rachel. Era una pregunta de lo más normal, pero si prefieres enterrar la cabeza en la arena...

—¿Por qué vas a enterrar la cabeza en la arena, mamá? —preguntó la niña sorprendida—. ¿Se refiere la abuela a la arena de la playa?

—Algo parecido —contestó Rachel frotándole la espalda a la niña demasiado fuerte. Hannah se quejó—. Perdona, cariño, no estaba prestando atención.

—Más bien, estabas prestando demasiada —intervino su madre saliendo del baño con un portazo.

Lo que le faltaba, que su madre creyera que estaba interesaba en Gabriel Webb. ¡Ridículo! ¡Pero si era el padre de Andrew! Debía de tener, por lo menos, veinte años más que ella.

—¿Se ha enfadado la abuela?

—Contigo, no —sonrió—. Bueno, vamos a enjuagarte.

Era fácil distraer a Hannah, pero sabía que, tarde o temprano, iba a tener que vérselas con su madre. Tras acostar a la niña, sacó el libro de contabilidad para intentar evitar el choque, pero fue inútil.

—Stephanie me ha dicho que Gabriel Webb ha estado en el café varias veces en las últimas dos semanas —dijo la señora Redfern con la bandeja de café en las manos—. Eso, sin contar lo del otro día.

Rachel sintió una punzada de enfado contra su amiga, pero la superó rápidamente y se dijo que no debía culpar a nadie por la situación.

—¿Y? —dijo todo lo neutral que pudo—. Ya te dije que había pasado por allí.

—No tres veces —contestó su madre sentándose enfrente de ella—. ¿Qué quiere?

—¿Por qué iba a querer algo?

—¡Vamos, Rachel! No eres tan ingenua como quieres hacerme creer. Vi cómo te miraba el otro día. Me cuesta creer, lo admito, que un hombre como él... un hombre con tanto dinero, con semejante vida —corrigió rápidamente—, se interese en alguien que su hijo...

—No —la atajó Rachel—. Por favor, no lo digas. No hace falta que digas nada más —añadió Rachel dándose cuenta de que se estaba clavando las uñas en las palmas de las manos—. No es cierto, así que ¿por qué torturarte? Gabriel Webb no está interesado en mí.

—Entonces, ¿por qué está todo el día en el café?

—No está todo el día en el café —exclamó impaciente—. Ha estado tres veces en varias semanas. Tengo clientes que vienen dos o tres veces al día.

—Según Steph,...

—Mira, me importa un bledo lo que diga Steph —interrumpió Rachel deseando que su amiga se metiera en sus cosas—. Mamá, ¿qué más va a sentir alguien como él por mí? Solo curiosidad.

—¿Curiosidad? —repitió su madre considerándolo seriamente. Sin embargo, volvió a su planteamiento original—. Eres una mujer guapa, Rachel. Si tuvieras más confianza en ti misma, verías que tengo razón.

—¡Venga, mamá! —exclamó Rachel, cansada de aquella conversación—. Soy demasiado alta y demasiado delgada, llevo el pelo como se llevaba hace diez años. No soy ni guapa ni sexy. Te agradezco tu lealtad, pero está fuera de lugar.

—Ese es tu problema. Siempre te subestimas. Nunca te habrías casado con Larry Kershaw si no hubieras tenido un concepto tan bajo de ti misma...

—Mamá, ya he escuchado suficiente —la cortó Rachel. Ya habían hablado de aquello varias veces y no quería retomar el tema—. Si no me hubiera casado con Larry, no habría tenido a Hannah y ella es lo más importante de mi vida.

—Si Larry no hubiera pasado tanto tiempo en el pub, Hannah seguiría siendo una niña normal —le espetó su madre. Al ver su cara, se disculpó—. Sí, sí, ya sé que es normal, pero... me gustaría tanto que...

—Como a todos, mamá —la cortó Rachel con firmeza—. Bueno, tengo que seguir trabajando. Son las nueve y tengo que repasar la contabilidad.

El lunes y el martes transcurrieron sin incidentes y Rachel estaba empezando a creer que los temores de su madre y los suyos habían sido desmesurados cuando Gabriel apareció de nuevo.

Fue el miércoles por la tarde, cuando se disponía a cerrar, y Stephanie y Patsy ya se habían ido. «Gracias a Dios», pensó Rachel. Aquel día, su madre y su hija no habían ido a recogerla, así que estaba sola.

Gabriel llevaba pantalones oscuros, cazadora de cuero y camiseta azul. Seguía teniendo apariencia débil, pero sus rasgos eran fuertes y emanaba un magnetismo que a ella no le pasó desapercibido.

No quería darse cuenta de ello, pero no podía evitarlo. Era culpa de su madre y de Stephanie por meterle aquellas ideas en la cabeza. La verdad era que no se ponía nerviosa cada vez que lo veía por nada que ellas hubieran dicho. Lo malo era que sospechaba que él también se daba cuenta.

—Sí —dijo él mirando el reloj—. Está cerrando. Tenía la esperanza de encontrarla aquí —añadió metiendo los pulgares en las trabillas de los pantalones. Rachel no pudo evitar fijarse en su bragueta—. Quería invitarla a tomar una copa.

Rachel tragó saliva y apartó los ojos de aquella parte de su anatomía.

—Lo siento, señor Webb, pero me iba a casa.

—Me llamo Gabe, ya se lo dije —contestó él colocándose entre la puerta y ella—. Venga, ¿no puede concederme algo de su precioso tiempo? El Golden Lion está cruzando la calle.

Rachel negó con la cabeza.

—No, gracias.

—¿Por qué? —preguntó él controlando su impaciencia—. ¿Tiene algo que hacer?

—No —suspiró Rachel—, pero ya le he dicho que me ha pillado yéndome a casa.

—¿Por qué no me hace compañía y, así,

me libra de tener que pasar media hora solo en el pub?

Rachel se mordió el labio inferior.

—No puedo creer que usted tenga que recurrir a una completa desconocida en busca de compañía.

Se dio cuenta de que Gabriel apretaba los dientes Se estaba enfadando. Decidió que, tal vez, fuera lo mejor.

—Lo siento.

—Sigue sin darme una excusa convincente para no acompañarme —insistió—. ¿Me estoy metiendo en terreno de otro hombre? ¿Es eso?

Rachel se quedó con la boca abierta.

—Simplemente, no quiero tomar una copa con usted, señor Webb —contestó poniéndose la chaqueta—. Estoy cansada y me quiero dar un baño. ¿Contesta eso a su pregunta?

Gabriel no se movió.

—No le gusto —apuntó él—. Creí que, después de la conversación del otro día, se habría dado cuenta de que no soy mi hijo.

—Me doy cuenta de ello, señor Webb —dijo Rachel enfadada—, pero parece que usted no se da cuenta de que regento un café y tengo que ser educada con todos mis clientes, incluso con los que no...

—Le caen bien —concluyó él—. Bien, me parece que lo he entendido.

Rachel lo dudó. Al ver la derrota en sus ojos, se sintió fatal. Cuando había entrado, estaba alegre. Al verlo ir hacia la puerta, se odió por haberlo entristecido.

—Espere...

Se acercó a él y alargó el brazo para agarrarlo de la manga de la chaqueta. Sin embargo, erró y le tocó la muñeca. Estaba helado.

Rachel sintió enormes deseos de abrazarlo. Quería calentarlo con su cuerpo que, de repente, estaba lleno de vida. No lo hizo, por supuesto. Lo miró a los ojos y se preguntó cómo se le había ocurrido algo semejante.

—¿Sí? —dijo él mirándola con dureza.

—Quizás... eh... podríamos tomar algo —consiguió contestar.

—No me haga favores, señora Kershaw —contestó él con frialdad—. No necesito su compasión.

—No es compasión —protestó Rachel preguntándose por qué estaba insistiendo. Habría sido más fácil dejarlo marchar—. Bueno, si ha cambiado de opinión...

—No, no he cambiado de opinión —dijo Gabriel con la mano en el pomo de la puerta.

—Apago las luces, pongo la alarma y listo.

La estaba esperando fuera, con las manos en los bolsillos y mirando hacia el pub. No hacía frío, pero había algo de brisa. Gabriel estaba mesándose el cabello cuando ella salió.

Cruzaron la calle en silencio y entraron en el Golden Lion, que estaba prácticamente vacío. Gabriel le indicó que fuera a sentarse y le preguntó qué quería.

—Un zumo de naranja —contestó ella.

Gabriel puso cara de resignación y fue hacia la barra.

Rachel eligió una mesa apartada mientras se preguntaba qué estaba haciendo allí con Gabriel Webb. Su madre la mataría.

Se dio cuenta de que el camarero saludaba a Gabriel como si lo conociera y se preguntó si la habría reconocido también a ella. Pensó que debería haber propuesto ir a otro sitio.

—Zumo de naranja —anunció Gabriel dejando el vaso sobre la mesa y sentándose frente a ella.

Él había pedido una cerveza y, mientras daba un trago de la botella, Rachel no pudo evitar fijarse en su fuerte garganta y en cómo se movían los músculos al tragar. Todo lo que hacía la afectaba. Aquello no era compasión, no. La compasión no era así.

—¿Por qué ha cambiado de opinión?

No era fácil de contestar, sobre todo, después de los pensamientos que había tenido momentos antes. Rachel bajó la mirada y buscó inspiración en el vaso. La verdad era que no sabía por qué se había saltado todos sus principios y había aceptado tomar algo con él. No lo entendía.

—Supongo que... sentía curiosidad —contestó por fin—. ¿Por qué me ha invitado?

—¿Por qué suele un hombre invitar a una mujer a salir? —preguntó él. Rachel sintió que se le ponía la carne de gallina.

—No lo dice en serio —dijo nerviosa—. Si Andrew le ha dicho que...

—Llevo semanas sin ver a Andrew —la interrumpió Gabriel—. No tenemos mucho en común. ¿Por qué da por hecho que tengo motivos ocultos para invitarla? —preguntó haciendo una pausa—. A no ser que crea que soy demasiado mayor para disfrutar de su compañía.

—Su edad no tiene nada que ver con esto —contestó mojándose los labios—. Simplemente, me cuesta creer que usted sienta interés por mí y le agradecería que no insulte mi inteligencia fingiendo que siente una irresistible atracción por mis encantos femeninos.

—No tiene un concepto muy alto de sí misma, ¿eh?

—Eso dice mi madre —contestó ella—. ¿Le importaría que habláramos de usted? ¿Por qué ha vuelto a Kingsbridge, por ejemplo?

—Eso no importa —contestó dándole vueltas a la botella de cerveza—. Me gustaría explicarle por qué quería verla. Sé que esta situación no es muy normal y que podría creer que mis intenciones no son buenas.

—Yo no he dicho eso.

—Como si lo hubiera hecho —insistió él con amabilidad—. Al fin y al cabo, mi hijo le dio motivos más que suficientes para que lo despreciara y, como llevamos el mismo apellido, seguramente creerá que somos iguales.

—¿Y no lo son?

—¿No me cree? —dijo él encogiéndose de hombros—. No, claro, ¿por qué iba a creerme? Al fin y al cabo, no he hecho nada para demostrar lo contrario. Todavía —añadió fijándose en su boca—. Pero, si usted me dice que lo haga, lo haré.

Rachel sacudió la cabeza.

—¿Por qué?

—Porque me gusta lo que sé de usted —contestó él con firmeza—. Porque la admiro. Porque me gustaría conocerla mejor. ¿Contesta eso a su pregunta?

Sí, pero Rachel no estaba segura de que fuera lo que quería oír. Su reacción ante él la confundía y, además, tenía la sensación de que Gabriel Webb podría hacerle mucho más daño que su hijo.

Había salido con Andrew durante más de tres meses, pero, cuando la dejó, su sentimiento de traición tenía más que ver con Hannah que con ella. No podía creer que hubiera dejado que un hombre así se acercara a su hija. El orgullo le había hecho dejar que sus amigos creyeran que la ruptura había sido culpa del padre de Andrew.

—No esperará que crea que tenía todo esto pensado la primera vez que fue al café —dijo por fin.

—No, la verdad es que no. Tenía tiempo, vi el café y sentí curiosidad por conocer a la mujer que había impresionado tanto a mi hijo.

—Ya, claro —dijo Rachel torciendo los labios.

—Es cierto —dijo Gabriel—. Andrew no suele acordarse de sus conquistas, pero es evidente que usted lo marcó.

—Se referirá a Hannah. Me sorprende que le hablara de ella. Nunca hubiera pensado que sería algo de lo que se jactaría.

—¿He dicho que se jactara? —suspiró Gabriel—. En absoluto.

—¿Y, de repente, le cuenta todo? ¿Por qué?

—Porque le dije que me venía a Kingsbridge —contestó Gabriel—. Estaba borracho. De lo contrario, dudo mucho que hubiera dicho nada.

—Eso lo explica todo —dijo Rachel con ironía—. Así que por eso vino al café, para ver si le había contado la verdad.

—No fue por eso —contestó él—. Sentía curiosidad por conocerla, pero créame si le digo que lo único que sentí hacía Andrew cuando me habló de Hannah fue asco. Hasta entonces no tenía ni idea de que mi hijo fuera un... un...

—¿Bastardo?

—Un canalla —dijo Gabriel poniendo la cerveza a un lado. Estaba claro que no era aquel el rumbo que quería que tomara la conversación—. Solo puedo pedirle disculpas en nombre de mi hijo y esperar que sepa perdonar su ignorancia. En cuanto a mí, me gustaría que el pasado no nos salpicara.

—¿Nos? —dijo Rachel con incredulidad—. No hay un nosotros, señor Webb.

—Aún.

—Nunca —dijo ella presa del pánico—. Me

tengo que ir —añadió—. Gracias pore! zumo...

—¡Rachel! —exclamó él agarrándola de la muñeca—. Por favor, escúcheme.

—No puedo —contestó. Estaba demasiado nerviosa—. Lo siento. Yo... mi madre me estará esperando y se preocupa si llego tarde.

—La llevaré a casa —contestó—. No me pregunte cómo lo sé, pero sé que su madre utiliza su coche para llevar y traer a Hannah del colegio a casa y de casa al colegio. Usted vuelve andando o en autobús, ¿verdad?

Rachel se quedó mirándolo fijamente.

—¿Nos ha estado siguiendo?

—Yo, no —contestó él soltándola y volviéndose a sentar exhausto—. Supongo que me acusará de acosarla.

Rachel no sabía qué decir. Debería estar enfadada con él, pero había algo en su forma de capitular que le parecía conmovedor.

—¿Por qué está usted haciendo esto? —le preguntó sin poderlo evitar.

—Ojalá lo supiera —respondió Gabriel—. No suelo perseguir a las ex de mi hijo. Aunque sentía curiosidad por usted, no pretendía ser un pesado.

—No lo es... —contestó Rachel rápidamente—. Yo no he dicho eso.

—Pero lo habrá pensado, ¿no?

Rachel se encogió de hombros.

—No entiendo lo que... quiere usted de mí.

Gabriel entrecerró los ojos.

—¿Tanto le cuesta creer que me guste su compañía?

—La verdad es que sí —contestó Rachel sinceramente.

—¿Porque le parezco demasiado mayor para tener relaciones sexuales?

¡Relaciones sexuales!

Rachel tragó saliva completamente conmocionada.

—No es tan mayor —contestó.

—Ojalá lo dijera en serio —dijo Gabriel—. ¿Cuántos años tiene usted, Rachel? ¿Veinticuatro o veinticinco? Debo de sacarle veinte años por lo menos.

—Tengo veintiocho —contestó Rachel—. Andrew tiene tres menos que yo.

—Y yo, diecisiete más —apuntó él enarcando una ceja—. Veinte años, diecisiete. Demasiados de todas formas. ¿verdad?

—¿A quién está intentando convencer? —le dijo sonrojándose al instante por la confianza con la que le estaba hablando—. Lo siento, pero usted ha preguntado.

—Eh, no me pida perdón —dijo él—. Me gusta que se pueda relajar en mi compañía

—añadió dando un trago a la cerveza sin dejar de mirarla—. Me encanta.

Rachel se sintió completamente perdida.

—Me tengo que ir —dijo mirando el reloj—. Hay un autobús dentro de cinco minutos...

—Le he dicho que la llevo a casa —insistió—. Por favor, deje que lo haga. Quiero hacerlo.

Rachel se derritió. No le costó mucho imaginarlo pronunciando las mismas palabras en un contexto completamente diferente, sexual. Le costaba recordar que aquel hombre era... podría ser... su enemigo.

—No es necesario —dijo.

Pero Gabriel ya estaba de pie y le había tendido la mano para ayudarla a levantarse.

—Deje que sea yo quien juzgue eso —contestó él diciéndole claramente con la mirada que sabía por qué ella había fingido no ver su mano—. ¿Vamos?

Capítulo 4

A LA mañana siguiente, llevaron un enorme ramo de flores al café. Rachel se quedó impactada ante la belleza de las flores.

Había una tarjeta, pero, como si Gabriel hubiera juzgado que el regalo ya era suficientemente conflictivo, había puesto solo sus iniciales y le había dejado a ella la explicación.

—¿Saliste anoche con él y no me ibas a decir nada? —preguntó Stephanie cuando su amiga se vio forzada a contarle que había vuelto a ver a Gabriel Webb.

—No tuvo importancia —protestó Rachel—. Tomamos una copa y ya está.

—¿Ya está? Sabías que me iba a enterar tarde o temprano. Tu madre me lo habría dicho.

—Mi madre no lo sabe —contestó Rachel—. Le dije que me dejara al final de la calle.

—¿Por qué?

—¿Por qué iba a ser? —dijo Rachel buscando un florero—. Para evitar otra discusión. ¿Se lo vas a decir?

—Si tú no quieres, no —contestó su amiga indignada.

—Pues bien que le contaste cuántas veces había estado Gabriel aquí —le recordó Rachel.

—¿Ahora lo llamas Gabriel? No sabía que no le pudiera decir a tu madre que había venido, que fuera un secreto.

—No lo es —contestó Rachel dándose cuenta de que, efectivamente, lo había llamado por su nombre de pila. Supuso que iba a tener que contarle a su madre la verdad de por qué Andrew y ella lo habían dejado para lavar así el nombre de Gabriel. ¿No era aquello como admitir que había algo entre ellos? Suspiró y miró a Stephanie—. No sé qué hacer, no sé por qué sigue viniendo.

—¿Por qué crees que es?

—No sé qué pensar.

—Venga, Rachel. por favor, ¿cómo puedes ser tan ingenua? —dijo su amiga con impaciencia—. Es obvio que le gustas. No me mires así. ¿Por qué iba a ser si no?

Rachel se dio la vuelta, no quería hablar del tema, así que se puso a buscar un florero.

—¿Dónde pusimos los floreros de Navidad? —preguntó secamente.

—¿Y a mí qué me cuentas? —dijo su

amiga igual de seca—. ¿Por qué no las mandas a un hospital? Así no tendrás que darle explicaciones a tu madre.

—¡Dios mío! No lo había pensado —dijo Rachel mirando las flores con tristeza—. ¿Debería?

—Deberías hacer lo que quieras —contestó Stephanie más amable—. Rach, no hay ninguna ley que te prohiba salir con Gabriel Wcbb. Él es libre y tú, también. Bueno, no pasa nada porque tenga edad suficiente para ser tu padre. Tampoco es para tanto.

—Solo me saca diecisiete años —dijo Rachel. Stephanie enarcó una ceja.

—¿Así que ya habéis estado hablando de edades? Parece que no fue una conversación tan poco trascendental después de todo.

—Para —suspiró Rachel—. Oh, Steph, ¿crees que siente... bueno, eh... pena por mí?

—¿Cómo? —dijo Stephanie parpadeando—. ¿Por qué?

No lo sé. Supongo que porque está acostumbrado a estar con mujeres mucho más guapas que yo.

—Vamos, hombre —rio Stephanie—. Sabes perfectamente que estás tan guapa como cuando te casaste con Larry.

—Eso no es decir mucho.

—Es decir mucho —afirmó su amiga—. Eres una mujer atractiva, Rach. Rubia...

—Castaña clara.

—Con ojos verdes...

—Pardos.

—Y delgada —concluyó Stephanie golpeándose las caderas—. Mike dice que le gusto así, pero estoy segura de que preferiría que estuviera como tú.

—No digas tonterías. Mike te adora —contestó Rachel poniendo las flores en un recipiente de cristal sobre la barra—. ¿Cuándo vas a pasar por la vicaría y te vas a convertir en una mujer decente? Deben de haber pasado ya seis meses desde que te pidió que te casaras con él.

—Estamos bien como estamos —contestó Stephanie—. Vivimos juntos, compartimos casa, pero no tengo que preocuparme de mi suegra diciéndome que cuándo vamos a tener hijos, como le hace a Lesley, la mujer de Tom —añadió oliendo un clavel rojo. Mmm, qué bien huele. Bueno, si quieres que cambiemos de tema, no hay problema. Tendré el pico cerrado siempre y cuando dejes de engañarte a ti misma. Gabe Webb no ha comprado todas estas flores para decorar el café. Le interesas. No dejes que te haga daño, ¿de acuerdo? No puedo olvidar que, si no fuera por él, Andrew y tú estaríais juntos.

«De eso nada», pensó Rachel.

No lo dijo en alto. No quería que su amiga se apiadara de ella al oír lo que Andrew había dicho de Hannah y que Gabriel no tenía nada que ver con los prejuicios de su hijo. Tal vez, nunca tuviera necesidad de decírselo. Aquella relación con Gabriel no iba a ningún sitio. Además, estaba más que decidida a no dejar que otro Webb la hiciera sufrir.

—La verdad es que deberías plantearte a qué está jugando. Primero le prohíbe a su hijo que salga contigo, pero él no ve ningún problema en perseguirte.

El sábado, Rachel se tomó la tarde libre para llevar a Hannah a la feria de artesanía de St. Agnes. A su hija le encantaban aquellas ferias, en las que se podían comprar desde bizcochos caseros a objetos de cerámica.

Se encontraron con Joe Collins, que insistió en presentarle la niña a su madre. Rachel no tuvo corazón para decirle que no y dejó que Joe se llevara a Hannah mientras ella se quedaba mirando unos libros.

De repente, tuvo la certeza de que alguien la miraba. Levantó la vista y vio a Gabriel en la puerta. En ese momento, el padre Michael, del orfanato, lo saludó como si lo estuviera esperando.

Rachel se apresuró a volver la vista al libro e intentar disimular su emoción, algo que no se le daba nada bien. Sabía que no podría ocultarla delante de Hannah.

Como tampoco había podido ocultarle a su madre la procedencia de las flores ni que el miércoles había ido a tomar algo con Gabriel. Aquello había desencadenado otra discusión. La vida se le complicaba en todo lo que concernía a él.

¿Qué demonios haría allí?

—¡Mamá, mamá! —gritó Hannah con un sombrero de paja en la cabeza—. ¡Mira lo que me ha regalado la señora Collins!

—Es precioso, hija —contestó Rachel—. ¿Le has dado las gracias?

—Por supuesto —contestó la niña indignada. Se miró en un espejo, se le encendieron los ojos con un brillo especial y levantó la mano para saludar a alguien—. Mira, mamá, el señor Webb.

—¿Webb? —le dijo Joe al oído a Rachel—. ¿No me digas que Andrew ha vuelto?

—Es su padre —se apresuró a contestar ella viendo que Gabriel iba hacia ellos—. Gabriel Webb. Sabías que había vuelto, ¿no?

—¿Y qué demonios hace aquí? —saltó Joe.

Por suerte, no tuvo que contestarle porque Gabriel había llegado junto a ellos con su perturbadora familiaridad.

—¿Ha venido a comprar más flores? —preguntó Hannah con candor.

Gabriel la miró divertido.

—No —contestó con dulzura. Miró a Joe y a Rachel—. ¿Te han gustado?

—Sí y creo que a mamá, también. La abuela se enfadó. Dijo que...

—Hannah, ya basta —interrumpió Rachel antes de que dijera algo más—. Eran... preciosas, señor Webb, pero no hacía falta que se hubiera molestado —añadió sonrojada.

—No fue ninguna molestia —contestó Gabriel—. Espero que les esté gustando la feria.

—No creí que fuera a verlo por aquí —contestó Joe enfadado al ver la confianza que tenía con Rachel.

Gabriel se encogió de hombros.

—Le dije al padre Michael que me pasaría —contestó con amabilidad a pesar de detectar la antipatía del joven—. Veo que ha encontrado algo que le gusta, señora Kershaw.

—Oh, sí...

Rachel iba a decirle a su hija que le había comprado un libro cuando Hannah habló de repente.

—¿Le gusta mi sombrero, señor Webb? —dijo muy decidida—. Me lo ha regalado la madre de Joe. Tiene un puesto de sombreros.

—Es muy... bonito. Te queda bien.

Hannah se volvió a mirar en el espejo encantada. Se hizo un breve silencio y Gabriel debió de decidir que su presencia estaba de más. Se despidió con la excusa de que ir a hablar con los voluntarios y se fue. No había dado más de unos cuantos pasos cuando un par de viudas de la asociación que había organizado el evento le salió al paso. Al ver cómo les sonreía, Rachel sintió celos.

—¡Menos mal que se ha ido! —exclamó Joe. Rachel recordó que su padre había trabajado en el laboratorio farmacéutico de Gabriel, pero lo habían despedido. Tal vez, eso explicara parte de sit antipatía por él—. ¿Y cómo es que te manda flores? No sabía que os conocierais tanto.

—Ya te dije que ha estado un par de veces en el café —protestó Rachel—. No sé por qué te has tenido que mostrar desagradable con él. Solo estaba siendo educado.

—¿Educado? —contestó Joe—. No me irás a decir que le importas lo más mínimo.

Rachel miró hacia su hija para ver si estaba escuchando, pero la niña estaba hablando con la mujer que dirigía el puesto de espejos. Hannah no tenía problemas para hablar con mujeres, pero que le hablara a Gabriel la había sorprendido mucho.

—Si vuelve a aparecer y fuera tú. le diría que se fuera a paseo —continuó Joe.

Rachel suspiré.

—Pero no eres yo —le cortó—. Tengo un café, Joe. No puedo elegir a los clientes.

—¿Cómo? ¿Me estás diciendo que nunca te niegas a servir a nadie? ¿Qué me dices de aquellos dos jóvenes que salieron del Golden Lion?

—Estaban borrachos —contestó Rachel con impaciencia—. Gab... El señor Webb no estaba borracho. No tenía motivos para no servirle.

—¿Ni siquiera que no creyera que fueras lo suficientemente buena para su hijo?

—¡Oh, Joe! Ya te dije el otro día que me importaba muy poco Andrew y su... —se interrumpió. Iba a decir prejuicios, pero se mordió la lengua— su padre. ¿Podríamos dejar el tema?

—Muy bien —contestó Joe encogiéndose de hombros—. Lo hago por ti.

—Lo sé —dijo Rachel sinceramente. Decidió irse y así se lo hizo saber a la niña.

—Oh, mamá...

—Le dije a Stephanie que llegaríamos antes de cerrar. Me tengo que llevar las llaves para poder abrir el lunes por la mañana.

—Os acompaño —se ofreció Joe.

—No, tú te quedas —dijo Rachel tajante—. Hasta luego.

Empujó la silla de su hija por los pasillos atestados de gente y se sintió muy aliviada al verse fuera.

No había visto a Gabriel al salir, pero se había encontrado con varias personas que quisieron saludar a Hannah.

Solo había unos cuantos metros entre la iglesia y el café. Además, hacía bueno para ir andando.

De repente, se dio cuenta de que había un Mercedes junto a ellas.

—Es el señor Webb —anunció Hannah emocionada cuando el conductor paró y Gabriel salió del coche—. No nos va a pedir que montemos en el coche, ¿verdad? —añadió mirando a su madre nerviosa.

—No —contestó—. No sé qué querrá.

—Creo que quiere hablar contigo, mamá. Nos está siguiendo.

Rachel suspiró. No estaba muy segura de querer hablar con él. Después de cómo se había comportado Joe, no quería darle más motivos a él. a su madre ni a nadie para que le echaran nada en cara. Además, no estaba segura de confiar en él.

Lo cierto era que Hannah iba a decir que se lo habían encontrado en la feria, así que la discusión ya era inevitable. Además, ¿no sería un poco sospechoso que, de pronto, decidiera no hablarle?

Capítulo 5

Rachel aminoró el paso hasta que él las alcanzó.

—Apuesto a que vas al café de tu madre a tomarte un delicioso helado —le dijo a la niña con una sonrisa—. ¿Crees que le importaría que fuera yo también?

Hannah dudó y Gabriel miró a Rachel, que sintió deseos de echarle en cara que utilizara a la niña para salirse con la suya. No lo hizo.

—Estaremos encantadas, ¿verdad, Hannah?

—Sí, ¿por qué no empuja usted la silla? —dijo la niña con una sonrisa. Rachel se preguntó si Gabriel se daría cuenta de la importancia de aquella concesión. Hannah no solía dejar que nadie, aparte de su madre, su abuela o el personal del centro de salud, empujara su silla.

Rachel sintió un nudo en la garganta. Gabriel debió de entender el honor que le había sido concedido e hizo el amago de acariciarle la mejilla, pero pareció pensárselo mejor y volvió su atención de nuevo a Hannah.

—Encantado —contestó haciéndole una seña al conductor para que se fuera.

Rachel se apartó y le dejó su sitio. Al hacerlo, sus dedos se rozaron y ella sintió una descarga eléctrica entre ellos. El calor del contacto le pareció abrasador y retiró la mano para no quemarse.

Vio que a Gabriel se le oscurecían los ojos al mirarla y se preguntó si habría sentido lo mismo que ella. Obviamente, un hombre como él no se excitaba por tocarle la mano a una mujer. ¡Era tan ingenua!

—¿Qué ha sido de su acompañante?

—Joe no era mi acompañante —contestó Rachel.—. Solo es un amigo. No hemos ido juntos.

—Me alegro porque es evidente que no le gusta tener contrincantes.

Rachel lo miró fijamente.

—Estará usted de broma.

—No, de eso nada. ¿Por qué le cuesta tanto creer que me parece atractiva? Es usted una mujer muy guapa. Y... a pesar de mi edad sigo teniendo las mismas necesidades que todos los hombres, aunque no se lo crea.

—No debería hablar así... delante de la niña —murmuró.

—¿Y si las digo cuando estemos a solas? —bromeó con una sonrisa arrebatadora.

Rachel se sonrojó.

—¿De qué habláis? —preguntó la niña en ese momento—. Os oigo. La abuela dice que es de mala educación cuchichear cuando hay gente delante.

—No estábamos cuchicheando —mintió Rachel dándose cuenta de que Hannah le iba a contar todo a su madre—. Eh... el señor Webb me estaba diciendo que...

—Me estaba preguntando qué le va a parecer a tu abuela tu sombrero nuevo —dijo Gabriel con facilidad. Rachel sintió envidia—. ¿Te lo vas a poner para ir al colegio? Los chicos van a quedar extasiados con tu belleza.

Hannah se rio.

—¿Le parezco guapa? —dijo encantada.

—Claro que sí, preciosa —contestó Gabriel mirando a su madre—. Los vas a tener locos cuando seas mayor.

Hannah apretó los labios.

—No quiero nada con los chicos.

—¿Por qué? —preguntó Gabriel.

—Espero que no llueva —intervino Rachel queriendo cambiar de tema.

—No me gustan —contestó la niña—. Son muy brutos.

—¿Eso ha sido una gota? —insistió Rachel.

—¿Quién te he dicho que los chicos son brutos? —continuó Gabriel tan indiferente como Hannah ante las tentativas de Rachel por cambiar de tema.

—¿Y eso qué importa? —le cortó—. Ya hemos llegado. ¿Va a pasar?

—¿Es una invitación?

Rachel asintió abriendo la puerta.

—Justo a tiempo.

Efectivamente, empezó a llover a cántaros en ese momento. Rachel fue a buscar a Stephanie mientras Gabriel colocaba a Hannah en una de las muchas mesas vacías. A aquellas horas de la tarde no había mucha gente. Solo un par de personas, que miraron a la niña con compasión.

Rachel sintió ira. ¿No habían visto antes a una niña en silla de ruedas? Lo último que su hija necesitaba era que la trataran como a un bicho raro.

—¿Es quien yo creo que es? —preguntó su amiga.

—Sí —contestó Rachel—. ¿Te las has apañado bien tú sola?

—Sí —contestó Steph—. ¿Y eso?

—¿Qué?

—No te hagas la tonta.

—Ah... nos hemos encontrado en la feria y nos ha acompañado.

—¿Así de simple?

—Más o menos —contestó Rachel mirando a su alrededor—. ¿Y Patsy?

—Le dije que se fuera hace media hora.

¿Queréis té?

—Sí, pero no te preocupes. Vete si quieres. Ya me ocupo yo de cerrar.

—¿Cómo? ¿Y perderme veros juntos? De eso nada.

—Oh, Steph... —dijo Rachel. Al ver que Gabriel tenía a Hannah en brazos se interrumpió—. ¿Qué demonios está haciendo?

—¡Espera¡ —le dijo su amiga agarrándola de la manga—. Solo la va a poner en una silla normal. Parece que a Hannah no le importa.

Era cierto. La niña le había pasado los brazos por el cuello y estaba sentada en una silla del café sonriéndole. Tenía las piernecitas débiles y pálidas, pero nadie hubiera dicho viéndola así que era paralítica.

—¿Por qué habrá hecho eso?

—Supongo que para que lo vean esos dos de ahí —contestó Steph—. ¡Condescendientes de pacotilla!

«Como Andrew», pensó Rachel.

—Ya me encargo yo del té —anunció.

—Muy bien, ¿puedo ir a ver si Hannah quiere un batido?

—Está bien —dijo Rachel—, pero, por favor, no seas grosera con él.

—No sé por quién me tomas —contestó Stephanie indignada.

Volvió al cabo de unos minutos.

—Madre mía, qué guapo es —comentó tomando un cartón de leche de la nevera—. ¡No me extraña que lo defiendas!

—¡Steph!

—Bueno, es verdad, ¿no? —dijo su amiga poniendo la leche en la batidora—. No te culpo. Guapo y rico. ¡Menuda combinación!

Rachel suspiró.

—No me interesa su dinero.

—¿Y él, sí? —preguntó Stephanie con la ceja enarcada—. Claro que sí. No lo niegues —añadió. Hizo una pausa—. ¿Te has acostado con él?

—¡No! —exclamó Rachel horrorizada. Miró a Gabriel. No, era imposible que lo hubiera oído.—. Por Dios, Steph, pero si apenas nos conocemos.

—¿Seguro? Pues te mandó un ramo de flores que...

—No quiero seguir hablando de esto —intervino Rachel colocando las tazas en una bandeja—. Es... mayor para mí. Tú misma lo dijiste.

—De eso nada —dijo su amiga poniendo fresas en la batidora—. Fuiste tú la que dijiste que te llevaba diecisiete años y yo te dije que eso, hoy en día, no es nada.

—Bueno, pues sí, viene por el café porque está aburrido y yo no tengo pareja... en fin, él piensa que podría tener algo con él, pero no pienso engañarme a mí misma pensando que de verdad le intereso.

—¿Te ha dicho que le interesas?

Rachel se puso roja como un tomate.

—Por favor, Steph, no sigas.

—Eso es un sí —concluyó su amiga—. ¿Te ha contado por qué ha tenido que dejar su puesto en la empresa?

—No —contestó Rachel impaciente—. ¿Cómo te has enterado de eso?

—Es una conclusión mía. Si está en tratamiento en Oxford, no creo que se pueda hacer cargo de Webb's Pharmaceuticals, ¿no?

—No hables sin saber —le espetó Rachel.

—Entonces, ¿cómo explicas que pueda venir casi todos los días a verte? —preguntó la otra en jarras.

—No viene casi todos los días —contestó Rachel—. No me extraña que mi madre no pare de hablar mal de él si le dices cosas así.

—Eh, que yo no le he vuelto a decir nada a tu madre —se defendió Stephanie indignada.

—Ya, ya lo sé. Lo siento —se disculpó Rachel—. Es que... es que...

—Que no te puedes creer que esté interesado en ti —dijo Stephanie—. Bueno, cosas más extrañas se han visto. Siempre que no pierdas la cabeza, no veo razones para que no disfrutes de ello.

—¿Mientras dure? —sugirió Rachel.

—Tú lo has dicho.

Llegó a la mesa exhausta tras la conversación con Stephanie.

—¿Va todo bien? —preguntó Gabriel. Rachel lo miró resignada.

—Sí, claro —contestó aliviada al ver que los otros dos clientes se iban—. Stephanie me estaba poniendo al tanto de lo ocurrido en mi ausencia —añadió sin poder mirarlo a los ojos—. Siento haber tardado tanto.

—Gabe me estaba hablando de sus caballos —intervino Hannah dejando el batido a un lado por primera vez en su vida—. Dice que yo...

—¿Gabe? —preguntó Rachel. Hannah asintió.

—Sí —contestó emocionada—. Me ha dicho que podríamos ir a verlos y darles azucarillos...

—¡Hannah! —exclamó Rachel agarrando a la niña del brazo con demasiada fuerza. Hannah protestó—. Oh... lo siento, hija... ¿Quién te ha dado permiso para llamar Gabe al señor Webb?

—Yo —contestó el aludido—. Me gustaría que usted también me llamara así.

—Lo que yo le llame o le deje de llamar no viene al caso ahora —le espetó—. Hannah, lo siento, pero no es cuestión de abusar de la amabilidad del señor Webb.

—Pero, mami...

—Montar a caballo es bueno para los niños para... que no pueden andar —explicó Gabriel con palabras que la niña entendiera—. Evidentemente, no estoy diciendo que Hannah monte ahora. Todavía, no.

Rachel lo miró furiosa.

—Veo que sabe mucho del tema.

—No he dicho eso.

—No, pero ha hecho que mi hija albergara falsas esperanzas sin consultármelo siquiera —exclamó Rachel—. No tiene derecho a hacerlo.

—Bueno, se lo tendría que haber dicho antes a usted.

—Exacto.

—Lo siento.

—Mamá, ¿puedo ir?

—No.

—¿Por qué? —preguntó la niña con tristeza—. ¿Qué tiene de malo ir a ver a los caballos? Nunca he visto uno de cerca.

Rachel apretó los dientes. Gabe había ido demasiado lejos. No debería haberlo dejado a solas con su hija. Debería haber imaginado cuando lo vio agarrándola en brazos que se iba a meter demasiado en sus vidas.

—¿Me puedo ir?

La voz de Stephanie hizo ver a Rachel lo intransigente que estaba siendo. Sin duda, su amiga había decidido irse antes de que se desahogara con ella.

—Claro —contestó Rachel en tono serio—. Hasta el lunes.

Stephanie se fue y la campanilla de la puerta se quedó sonando durante varios segundos. Rachel no sabía qué decir, así que intentó ganar tiempo recogiendo las tazas. Pero no le sirvió de nada.

—No quiero nada —dijo Hannah con voz lacrimosa.

—Pero si has dicho que querías un batido —protestó Rachel—. No lo vamos a tirar a la basura.

—No lo quiero —insistió la niña—. Me quiero ir a casa.

—Dios.

—¿Por qué está tan enfadada, Rachel? —preguntó Gabriel—. No le eche la culpa a ella cuando con quien está usted enfadada es conmigo.

—No estoy enfadada con usted —murmuró Rachel sonrojada. Hannah no les estaba escuchando.

—¿Ah. no?

—¿Por qué iba a estarlo?

—¿Porque no le gusta que hable con su hija? —sonrió él con amargura—. ¿Porque cree que no debería haberla sacado de la silla o porque su amiga cree que nos acostamos?

Rachel lo miró con la boca abierta.

—¿Lo ha oído?

—Cuando el café está vacío, se oye todo.

Rachel miró a su hija.

—¿Y... ella?

—No creo que entendiera de que estaban hablando, pero, por si acaso, la he entretenido con lo de los caballos.

Rachel se sintió peor que nunca.

—¡Dios mío! Por eso...

—No solo por eso —admitió Gabriel—. Me gustaría realmente que Hannah y usted vinieran a Copleys. Quiero que vengan a ver la casa y a comer conmigo. Si después de seducirla con buena comida y buen vino, vamos a los establos, Hannah y yo estaremos encantados.

—Sí, sí, mamá —intervino la niña que había oído la última parte de la frase—. ¿Podemos ir a Copleys? ¡Di que sí, di que sí, venga! ¡Por favor!

—No... lo sé.

—¡Mami!

Rachel sabía que su hija estaba enfadada,

pero la palabra «seducir» se había anclado en su mente evocándole sábanas de seda y sexo... peligro. Ya la estaba seduciendo.

—¿Por qué... quiere que vayamos a Copleys? —protestó Rachel—. Su madre vive allí. ¿No le molestará?

—Copleys es mío —contestó Gabriel.

—Pero...

—Rachel, sabe perfectamente por qué quiero que acepte mi invitación —suspiró—. Pero no se preocupe. No se compromete a nada. Solo a pasar un par de horas en mi compañía. Si no quiere venir...

—No... he dicho eso.

—¿Entonces?

—No sé —contestó sinceramente.

La idea de ir a Copleys había surgido tan de repente que no sabía qué hacer.

—Bueno, si no quiere aceptar la invitación, lo entenderé —dijo Gabriel—, pero no haga como si yo me sintiera obligado a reparar el daño que le hizo Andrew porque no es así. Esto es entre usted y yo. Nadie más.

Rachel sirvió el té con manos temblorosas. «Esto no puede estar sucediendo», pensó. Un hombre como Gabriel Webb, tan importante y rico, no podía querer nada con una mujer como ella. No, debía de estar aburrido y había decidido poner su mundo patas arriba.

Pero...

—Mami, por favor... —rogó Hannah.

Rachel se dio cuenta de que quería contestar que sí.

Capítulo 6

EL domingo por la mañana, Rachel se levanto temprano. Tenía que preparar el desayuno porque, aparentemente, su madre estaba en huelga, y bañar a Hannah, que estaba emocionadísima, antes de poder arreglarse.

Hannah le hizo mil preguntas sobre Copleys que ella no pudo contestar y su madre le recriminó otras tantas veces que dejara entrar a ese hombre en sus vidas.

Ya se había despachado a gusto el día anterior en la cena, pero, al menos, había guardado lo peor para cuando Hannah se hubo ido a la cama. Sin embargo, aquella mañana parecía haber cambiado de opinión. Debía de pensar que su nieta tenía que saber por qué no le gustaba Gabriel Webb.

—¿No te das cuenta de que solo te está utilizando? En cuanto se canse, volverá a Londres y tú te quedarás aquí sola y llorosa. ¡No me puedo creer que no lo veas! Después de la experiencia con Andrew, creí que te mantendrías alejada de esa familia.

—¡Mamá! —dijo Rachel sentándose enfrente de su madre—. Él no es así.

—¿Quién? ¿Gabe? Así lo llamas cuando estáis juntos, ¿no?

—Mamá... es mi vida.

—Eso no es cierto, Rachel. Es también la de Hannah y la mía. No es justo que dejes a la niña creer que la vida que lleva ese hombre es normal. ¿Para qué la llevas a esa mansión a dar de comer a sus malditos caballos? Se va a hacer falsas ilusiones que tú no podrás hacer realidad y yo recogeré los pedazos. Otra vez. Es una locura y lo sabes.

—¿Qué es una locura? —intervino Hannah. Rachel suspiró.

—Nada, cariño —contestó. Acto seguido, miró a su madre—. No quiero seguir hablando de esto. No es el momento ni el lugar.

La señora Redfern se encogió de hombros y no dijo nada más.

—Me voy a vestir —anunció Rachel—. No tardo nada.

Pero no fue así. Le costó decidir qué ponerse. Se cambió veinte veces. Por fin, se puso un traje de chaqueta marrón con una blusa amarilla. Aquellos colores le iban bien. Se puso una diadema del mismo color y se dijo que estaba preparada para cualquier cosa.

Excepto para el hombre que las había invitado. Mientras se pintaba los labios, experimentó una sensación de nervios en el estómago. Le apetecía verlo.

Al bajar, vio que Hannah había estado llorando. Miró a su madre, que tenía cara de culpable, pero fue la niña la que habló.

—La abuela dice que... voy a tener que montar en el coche del señor Webb —le explicó—. No quiero. Dijiste que tú también vendrías.

—Así es —se apresuró a asegurarle Rachel poniéndose en cuclillas junto a la silla—. Ya te dije que vamos en nuestro coche añadió mirando a su madre con desaprobación—. La abuela se ha equivocado.

—¿Así que vais a ir solas? —se burló su madre—. Vaya, lo menos que podría haber hecho habría sido mandar un coche a buscaros. Eso demuestra el concepto que tiene de ti...

—Se ofreció —atajó Rachel secamente—, pero le contesté que preferíamos ir en nuestro coche. Por razones obvias —añadió—. Me gustaría que te metieras en tus asuntos, mamá, de verdad.

—Muy bien —contestó al señora Redfern—. Desde ahora, no pienso abrir la boca. Si quieres comportarte como una idiota, adelante. De todas formas, no sería la primera vez —añadió saliendo de la habitación.

Rachel suspiró. El día no podría haber empezado peor. ¿Y si la madre de Gabriel era como la suya o peor?

—¿De verdad vamos a ir en nuestro coche? —preguntó la niña tirándole de la manga.

Rachel se dio cuenta de que no podía echarse atrás. Hannah se moría por ir. De hecho, solo había aceptado la invitación por ella. Al menos, eso se repetía una y otra vez.

En veinte minutos llegaron a la entrada de Copleys. Las verjas estaban cerradas, pero se abrieron. Debía de haber alguna cámara. Aquello no le gustó. ¿Qué tipo de gente vivía rodeada de cámaras para vigilar a todo el que se acercaba?

Tragó saliva a medida que avanzaron por el camino. Incluso Hannah parecía un poco inquieta. De repente, le pareció que estaban muy lejos de casa y las advertencias de su madre comenzaron a rondarle la cabeza.

La casa hizo que las olvidara. Eran tan grande e impresionante como se la esperaba, pero era de ladrillo antiguo y estaba cubierta de glicinas. La puerta principal estaba precedida por unos escalones y rodeada de grandes ventanales.

—Qué grande —comentó Hannah.

—Hay gente que vive en casas grandes

—contestó Rachel intentando quitarle importancia.

—Nunca había visto una casa tan grande —insistió Hannah—. ¿Vive mucha gente en ella?

—Espero que no —murmuró Rachel para sí misma—. No creo —añadió dirigiéndose a su hija. Paró el coche y tomó aire—. Muy bien vamos allá —concluyó abriendo la puerta.

Salió del automóvil, sacó la silla de Hannah, la abrió y la colocó junto a su puerta.

—Ya me encargo yo.

Sintió el aliento de Gabriel en el cuello y se volvió sorprendida.

—¿De dónde ha salido? —preguntó sin poder evitarlo.

—Obviamente, no me he materializado de repente —contestó él señalando la puerta de la casa, que estaba abierta. Rachel vio una figura vestida de negro—. Os estaba esperando.

—Usted, no —murmuró Rachel. Gabriel se encogió de hombros.

—No voy a discutir con usted. Hola, Hannah, ¿qué tal estás?

—Bien —contestó la niña emocionada—. ¿De verdad que esta es su casa?

—Me temo que sí —contestó Gabriel con una media sonrisa—. ¿No te gusta?

—Es muy grande —contestó Hannah—. ¿Tiene montones de habitaciones?

—Montones —dijo Gabriel divertido—. ¿Me dejas que te tome en brazos?

Hannah dudó y miró a su madre.

—Bueno, pero mi abuela dice que peso mucho.

Gabriel no dijo nada. Agarró a la niña, que no pesaba nada, y la depositó en la silla de ruedas.

—Ya está —anunció tocándose la espalda—. Creo que no me la he roto.

Hannah se rio.

—¡No peso tanto! —dijo mirando a su madre, que estaba muy seria—. ¿Qué te pasa? ¿Por qué estás enfadada?

—No estoy enfadada —contestó Rachel. No había manera de engañar a su hija.

—Tu madre se está pensando mejor por qué habéis venido —intervino Gabriel—. Tal vez, tampoco le guste mi casa.

—A mí sí que me gusta —protestó Hannah—. Es preciosa.

—A mí también me gusta —dijo Rachel—, pero no sé qué hacemos aquí.

—Habéis venido porque os he invitado —dijo él—. Venga, vamos a tomar un café con mi madre y luego llevamos a Hannah a las cuadras.

Rachel dudó y se le secó la boca.

—¡Su madre!

—Sí, tengo una —bromeó Gabriel— y también tenía un padre aunque no se lo crea. No se preocupe. Le caerá bien.

Rachel estaba tan nerviosa que no paraba de tocarse el dobladillo de la chaqueta.

—Está muy guapa —observó él mirándole la boca—. Las dos —añadió fijándose en los pantalones de flores de Hannah—. Soy un hombre muy afortunado.

Rachel lo miró con ojos nublados, pero Hannah volvió a salvar el día.

—¿Me puede llevar Gabe, mamá?

—¿Por qué no? —dijo Rachel más calmada, pero todavía algo nerviosa.

—Tranquila —le dijo él antes de ir hacia la entrada.

Para él, era fácil, pensó Rachel furiosa mientras los seguía por el camino de grava. Estaba en su casa, en su territorio. Hasta la camisa de seda negra que llevaba con las mangas remangadas gritaba que era de marca. Los pantalones y los zapatos le conferían un aire de sofisticación imposible de fingir.

Claro que él no tenía nada que fingir. Era multimillonario e invitarlas a su mansión sería su buena obra del mes.

El hombre que esperaba junto a la puerta ayudó a Gabriel con la silla. A Rachel no le sorprendió que Gabriel se lo presentara como Joseph, su mayordomo.

—Joseph lleva conmigo yo no sé los años —dijo dándole una palmada en la espalda. Estaba claro que aquel hombre era algo más que un empleado. Rachel se sintió mal por haberse dejado llevar por sus prejuicios. Debía olvidar lo que su madre le había dicho y comenzar a ser más positiva.

Un enorme vestíbulo los esperaba tras la puerta. Las paredes, pintadas en tono rosa pastel, se elevaban dos pisos hasta llegar a un atrio acristalado por el que entraba la luz que iluminaba la multitud de cuadros. Había columnas de madera tallada sosteniendo la escalera y alfombras persas en el suelo.

—¡Cielos!

Hannah no tuvo reparos en mostrar su admiración.

—Muy bonito —murmuró Rachel. No sabía qué decir.

—Mi madre está en el invernadero.

Rachel no dijo nada, pero notó que le flaqueaban las piernas mientras seguía a Gabriel y rezó para que Joseph, que estaba cerrando la puerta, no se diera cuenta.

El vestíbulo era enorme, pero lograron cruzarlo. Rachel no apartó la mirada de Gabriel hasta que se le fueron los ojos a su trasero. No había ido para eso, así que miró a su alrededor.

Había varias puertas cerradas, pero vio una abierta que daba a un espacioso salón desde el que se veía la pradera a través de los ventanales y en el que había un par de sofás en tonos malvas alrededor de una mesa sobre la que brillaba una escultura de bronce.

Cruzaron un comedor cuya mesa brillaba tanto que se reflejaba el frutero que tenía encima. Casi toda la luz que llegaba a la pieza provenía de la terraza acristalada que había al lado.

Las puertas de cristal estaban abiertas y, entre las plantas, vio a una mujer morena sentada leyendo el periódico. Al verlos, dejó la prensa y se levantó.

Era mucho más joven de lo que cabía esperar. Rachel sabía que había nacido en Italia. Iba vestida de colores alegres y llevaba muchas joyas.

A Rachel no se le quitaba de la cabeza que era la abuela de Andrew.

—Usted debe de ser Rachel —le dijo la mujer estrechándole la mano—. La puedo tutear, ¿verdad? Gabriel me ha hablado mucho de ti.

¿Ah, sí?

Rachel consiguió decir algo, pero su

mente no paraba de darle vueltas a la idea de que Gabriel había hablado de ella con su madre. ¿Qué le habría contado?

—Y tú eres Hannah —continuó la mujer agachándose para estrecharle la mano a la niña—. ¡Cara, qué guapa eres! Es una pena que tengas que utilizar esta silla de ruedas para moverte. Seguro que tienes otros medios. ¿no?

—¡Mamá! —dijo Gabriel con cariño.

Rachel lo miró agradecida, pero sabía solucionar sus problemas ella sola.

—Hannah tiene muletas, pero no le gustan —dijo poniéndole a su hija la mano en el hombro.

Rachel había pasado meses intentando que Hannah anduviera con ellas, pero la niña terminaba siempre llorando, así que Rachel se había dado por vencida.

—Tiene usted una casa preciosa... signora —dijo cambiando de tema.

—Bueno, no es mi casa, Rachel —contestó la mujer—. Yo vivo en la Toscana. ¿No te lo había dicho mi hijo? —añadió mirando a su hijo y encogiéndose de hombros—. Estoy de visita, como tú. Vamos a sentarnos y a tomar un café. ¿Qué toma la pequeña?

A Hannah le temblaba la barbilla, como le solía ocurrir cuando no le gustaba alguien. Rachel volvió a desear no haber ido. Hannah no estaba acostumbrada a que la gente hablara de su incapacidad y, menos, una mujer a la que no conocía de nada.

—Una coca-cola —murmuró—. ¿Puedo tomar una coca-cola, mamá?

—Puedes tomar lo que quieras —contestó Gabriel dedicando a su madre una mirada de advertencia—. ¿Prefieres un batido de fresa?

—Una coca-cola está bien —dijo Rachel haciéndose cargo de la silla de la niña. Gabriel se hizo a un lado—. Gracias.

—De nada —contestó él mientras su madre hacía sonar una campanilla para llamar al servicio.

Rachel no lo miró mientras avanzaba por el suelo de mármol de la terraza. Su madre se sentó en el mismo sofá en el que estaba antes de que llegaran y le hizo un gesto para que se sentara a su lado, pero Rachel fingió no verlo y se sentó enfrente.

—E cosi, por fin nos conocemos, Rachel —dijo—. Es una pena que no nos hayamos conocido antes.

«Así Gabriel no se habría interesado en mí nunca», pensó Rachel dándose cuenta de que su anfitriona la miraba insistentemente. A pesar de su caluroso recibimiento, tenía la impresión de que no le caía bien.

—Gabriel me ha dicho que sigues viviendo en Kingsbridge, ¿no? Con tu madre, ¿verdad? Como cuando...

—¡Mamá! —dijo Gabriel impaciente.

Apareció una doncella a la que él mismo le dijo que les llevara café antes de levantarse y colocarse detrás de la silla de Hannah.

—Bueno, ¿te apetece ir a ver a los caballos?

—Sí —exclamó la niña recobrando la alegría—. ¿Podemos ir?

—En un rato —contestó Gabriel. Rachel se dio cuenta de que, a pesar de lo que su madre dijera, no tenía motivos para dudar de su buena intención.

Era obvio que la señora estaba intrigada con la situación y Rachel se preguntó qué le habría dicho Gabriel exactamente.

—¿Sabes que una de las yeguas tuvo un potrillo hace unos días? ¿Me ayudas a ponerle nombre?

—¿Un potrillo es un caballo pequeño? —preguntó la niña absorta en la conversación. Gabriel le explicó los diferentes nombres.

—Su marido murió en un accidente de coche, ¿no? —preguntó la señora Webb aprovechando la distracción de su hijo.

Rachel asintió.

—Sí —contestó preguntándose por qué sacaba el tema—. Hace tres años.

—¿Y su hija no ha vuelto a andar desde entonces?

—No.

Rachel miró hacia Hannah, pero la niña no estaba oyendo la conversación.

—¡Che peccato! Pero no sufrió lesiones. ¿Qué pasó antes del accidente para que se le quedara semejante... cómo se dice... trauma?

—Preferiría no hablar del tema.

—Va bene —dijo la señora Webb—. No quería parecer cotilla. Mi hijo te dirá que no paro de hacer preguntas.

No había duda de que aquella mujer tenía sus planes y Hannah y ella debían de parecerle una complicación.

Sin embargo, lo que acababa de decir le dio qué pensar. A pesar de las múltiples teorías que habían barajado para explicar que Hannah no quisiera andar, nadie se había parado a pensar en algo que hubiera ocurrido antes del accidente. Claro que era absurdo porque Hannah entonces solo tenía tres años.

Capítulo 7

LA doncella volvió antes de que pudiera decir nada más. Era una mujer de poca estatura que debía de tener unos cuarenta años. Llevó un carrito con tazas. platos, leche, azúcar y una gran cafetera. También había un vaso de coca-cola con hielo y pastas de mantequilla.

Hannah se quedó mirando extasiada una fuente de galletas caseras de chocolate. Eran sus preferidas. De hecho, había sido lo único que había comido después del accidente, cuando no había querido tomar nada más durante meses.

Gabriel se levantó para ayudar a la doncella a disponer las cosas. Rachel sospechó que así debía de hacerlo siempre y se preguntó por qué le parecía conocerlo tan bien. Se conocían poco, pero, a pesar de lo que su madre había dicho, creía firmemente que podía confiar en él.

Ya tendría tiempo de refrendar aquella opinión meses después. Se sentó a su lado en lugar de hacerlo junto a su madre y, como el sofá no era muy grande, lo tenía más cerca de lo que a ella le habría gustado. Lo tenía tan cerca, que sentía el calor de su cuerpo en la pierna e inhalaba su aroma varonil cada vez que respiraba.

En realidad, le costaba hacerlo. Le faltaba el aire. Sabía que era ridículo. Simplemente se había sentado a su lado. Seguro que él ni se habría dado cuenta de que se estaban tocando. Y, si a ella se le antojaba que todo lo que Gabriel hacía exudaba sensualidad, era su problema no el de él. Era mayor que ella. Aquello debería bastar, pero, para colmo, ¡era el padre de Andrew! Se imaginaba cómo se pondría su hijo si se enterara de lo que estaba sucediendo. No se podría creer que ella se sintiera atraída por el hombre que lo había engendrado.

De repente, se dio cuenta de que Gabriel le estaba hablando, así que tuvo que girar la cara para mirarlo. Nunca lo había visto desde tan cerca. Dios mío, podría ahogarse en la intensidad de sus ojos. Se le secó la boca y se le aceleró el pulso, cuyo eco le rebotaba en las sienes. Sintió también pulsaciones en otros lugares de su cuerpo que hicieron que le temblaran las rodillas y se le humedeciera la entrepierna.

—Lo... siento —consiguió decir—. ¿Qué me estaba diciendo?

—Mi madre le estaba preguntando cómo quiere el café —contestó pasándose la mano por el muslo. Rachel sintió una descarga cuando sus dedos le rozaron la piel y el deseo de agarrarle la mano y aprisionarla entre sus muslos fue casi irrefrenable.

¿Qué le estaba sucediendo?

—Eh... solo —contestó en un hilo de voz. A ver si tomándose el café recobraba un poco la cordura—. Gracias.

Si la señora era Webb era consciente del intercambio silencioso que se estaba produciendo entre su hijo y ella, lo ignoró. Sirvió el café con pulso firme.

—Caro. ¿cómo ha hecho Joseph para subir la silla por las escaleras de la entrada? Debe de pesar.

—¿Cómo iba a ser? —contestó Gabriel mirando a su madre con reticencia—. Yo lo he ayudado. No iba a dejar que lo hiciera Rachel.

—Forse no. Aunque puede que ella esté mejor que tú para levantar pesos. Ya sabes lo que te han dicho los medicos?

—No quiero hablar de eso ahora —interrumpió él, irritado. Se volvió a Hannah, que se estaba tomando el refresco—. Cuando termines, nos vamos a ver los caballos.

—Bene, ma fa' attenzione, Gabriel —dijo su madre pasándole la fuente de pastas a Rachel distraídamente—. No me gustaría volverte a ver en el hospital.

Rachel rechazó con educación las pastas. No entendía muy bien lo que estaban diciendo, pero. obviamente, Gabriel había estado enfermo.

—Eh... si es demasiado para ti... —dijo. Se calló al ver al cara de fastidio de Gabriel.

—He trabajado demasiado —le explicó él secamente— y me han aconsejado que me tome unas vacaciones.

—¡No! —exclamó su madre indignada—. Has tenido un infarto, Gabriel —añadió con firmeza dejando a Rachel de piedra.

¡Un infarto! Aquello la preocupó sobremanera.

—No he sufrido un infarto —protestó Gabriel.

—Cosi buono come —dijo obstinada—. ¿Por qué no eres sincero contigo mismo, caro? Te han dicho que descanses, que evites situaciones estresantes, que te tomes las cosas con tranquilidad. Perche, has tenido que jubilarte y todo.

—No me he jubilado. Tengo una baja por enfermedad —corrigió Gabriel enfadándose. Su madre parecía indiferente.

—Ya ves —dijo la señora Webb mirando a Rachel—. A mí no me hace ni caso. Tal vez, tú puedas convencerlo.

—Bueno, yo...

—No metas a Rachel en esto, mamá —interrumpió Gabriel—. Lo siento —añadió dirigiéndose a Rachel—. Mi madre no debería meterla en nuestras discusiones.

—Su madre lo hace con buena intención, seguro.

—¿Tú crees? Ojalá yo pudiera estar tan seguro —contestó él levantándose—. Has quedado para comer, ¿verdad, mamá? Nos vemos en la cena.

—Bene —contestó la aludida—. Siento haberte avergonzado, Gabriel, pero creo que era mejor que se enterara de cuál es la situación.

—¿Qué situación? —dijo él furioso—. No hay ninguna situación, mamá. ¡Ya está bien! No quiero oír nada más al respecto.

Hannah dejó el vaso vacío sobre la mesa. Miró a su madre compungida. No le gustaban las peleas. Rachel se había preguntado a menudo si no sería porque recordaba las continuas discusiones que tenían Larry y ella.

—¿Estás bien? —le preguntó con una sonrisa.

Gabriel se dio cuenta de lo que sucedía e hizo un esfuerzo supremo para contenerse.

—¿Lista para ir de excursión? —le preguntó sonriente.

—Sí, por favor.

Hannah lo miró con ojos expectantes y

Rachel suspiró. Qué irónico resultaba que el único hombre que le gustaba a su hija no tuviera ningún interés en ellas más allá de enseñarles los caballos.

—Quiero que mamá venga también —dijo Hannah mientras Gabriel se hacía cargo de la silla.

—Si ella quiere venir todavía —contestó él aludiendo claramente a lo que se acababa de decir. No sabía qué le deparaba el futuro, pero estaba dispuesta a aferrarse al presente.

—Encantada —contestó. Al ver el alivio reflejado en el rostro de Gabriel sintió deseos de abrazarlo. Aquello demostraba que estaba loca.

Para llegar a las cuadras había que cruzar unos maravillosos jardines llenos de flores. También había una piscina que Hannah miró con deleite.

—¿Todo esto es suyo? —preguntó con envidia.

Gabriel asintió.

—¿Hannah nada? —le preguntó a su madre.

—Antes, sí —contestó Rachel en voz baja—. Antes del accidente, pero no ha vuelto a hacerlo.

—Tal vez, la terapia acuática... —se interrumpió al comprender su osadía—. Lo siento. No sé para qué hablo.

—No. tiene usted razón. De hecho, el fisioterapeuta de Hannah nos los recomendó, pero solo la hemos llevado un par de veces.

—¿Y eso?

—Bueno, no sé si sabrá que Kingsbridge no tiene piscina pública, así que la teníamos que llevar a la ciudad más cercana. Yo en aquella época estaba en la universidad y la llevaba mi madre... que no sabe nadar...

—Entiendo —la interrumpió Gabriel—. Ha sido desconsiderado por mi parte decir nada. Debe de haber sido difícil para usted arreglárselas desde la muerte de su marido.

—Me las apaño —contestó a la defensiva.

—No lo he dicho con el afán de criticar.

—Ya —sonrió ella—. Supongo que a mí tampoco me gusta hablar de mis problemas personales.

—Ah —dijo él—. ¿Le parece que me he pasado con mi madre?

—Creo que está preocupada por usted —contestó Rachel encogiéndose de hombros—. ¿Ha estado enfermo?

—¿De verdad lo quiere saber?

—Si me lo quiere contar —contestó ella—. Debe de haber sido grave si ha tenido que dejar de trabajar.

—Así lo quise —contestó él en tono neutro—. Al principio, no quería, pero me di cuenta de que era imposible llevar una vida tranquila y seguir haciéndome cargo de la empresa.

—Su madre ha dicho que tuvo un infarto, pero usted ha dicho que no.

—No fue un infarto —insistió él con algo de impaciencia—. Tenía estrés, sí, lo admito. Llevaba un tiempo durmiendo mal y no me podía concentrar. También había perdido algo de peso, pero nada más.

—Entonces, ¿por qué...?

—¿Por qué se empeña mi madre en decir que fue un infarto? Bueno, supongo que la culpa la tuvo el médico, que es un gran amigo de la familia y le dijo que, si no descansaba...

—¡Oh, Gabriel! —exclamó Rachel mirándolo.

No se había dado cuenta de que lo había llamado por su nombre hasta que vio dibujarse en su cara una sonrisa.

—¿Ve? Sabía que podía tutearme. Así no me hace parecer tan mayor.

—¿Por eso ha vuelto? ¿Para descansar? Aquí tiene la fábrica a unos kilómetros. Podría haber elegido un lugar más cálido. No sé... Italia, por ejemplo.

—Veo que le han contado que he estado

viendo a un especialista de Oxford. ¿Quién se lo ha dicho? ¿Su amigo Joe?

Rachel se ruborizó.

—En... realidad fue mi madre. Joe no ha tenido nada que ver.

—¿No? —dijo Gabriel con escepticismo—. No sé si él opinará lo mismo. Ayer por la tarde se moría de ganas por decirme que no me acercara a ti.

—¡Qué tontería! Joe... es solo un amigo.

—Te gusta Joe —dijo Hannah de repente—. Eso dice la abuela.

«La abuela tenía que ser, pensó Rachel deseando que su hija no tuviera tan buen oído. Tenía la impresión de que se estaba metiendo en terrenos pantanosos.

—Joe me gusta —dijo—. Lo conozco desde hace mucho tiempo.

—No creo que él se conformara con gustarle —dijo Gabriel—. No lo culpo.

Rachel sacudió la cabeza.

—Esta conversación no viene a cuento —dijo cortante—. Mira, Hannah, desde aquí se ven los caballos.

Al acercarse, se encontraron con una mujer que estaba metiendo a uno de los animales en su cuadra.

—Esta es Katy Irving, Hannah —dijo Gabriel—. Y esta yegua se llama Siena, que es la ciudad de la Toscana donde nació mi madre.

—Es muy grande —comentó la niña.

—Sí y muy buena —intervino Katy.

—Vamos a ver a su potrillo —dijo Gabriel—. Está dentro.

—¿Del que voy a elegir su nombre? —preguntó la niña encantada. Rachel se volvió a maravillar de lo bien que estaba su hija con Gabriel—. ¿Dónde está?

—Ven —dijo dirigiendo la silla.

Aunque la niña se volvió una vez para cerciorarse de que su madre iba detrás, era obvio que se fiaba plenamente de él.

En las cuadras hacía calor y se mezclaban los olores a desinfectante de pino, caballo y cuero. A Rachel le pareció muy sensual y decidió que aquel hombre la afectaba demasiado. Cuando lo tenía cerca, se sentía como nunca se había sentido, y respondía ante su sensualidad.

Él no había hecho nada, la verdad. Le había dicho que se sentía atraído por ella, pero nunca la había tocado.

El potro era precioso. Era algo más oscuro que su madre y andaba con algo de inseguridad. Se mostró tímido al principio, pero Gabriel no tuvo problemas para que el animal se fiara de él. Como había hecho con Hannah.

—¡Oh! —exclamó la niña—. Qué bonito es!

—Sí, es bonito, sí —dijo Gabriel—. ¿Quieres tocarlo?

—Sí, sí.

De hecho, Hannah estaba desesperada por acercarse, pero la silla estaba en un extremo de la cuadra. Rachel observó sin podérselo creer cómo su hija ponía los pies en el sucio como si quisiera levantarse.

—Eh... espera... —dijo Rachel. Gabriel la miró y se dio cuenta de lo que estaba sucediendo.

—A ver, Hannah —dijo con dulzura—. Ya te ayudo yo —añadió tomando a la niña en brazos. La llevó junto al potro, que estaba comiendo, y sorprendió a todos dejándola de pie en el suelo.

Rachel dio un paso instintivamente hacia ellos, pero Gabriel la tenía sujeta y la niña estaba tan extasiada con el animal que no se estaba dando cuenta de lo que estaba haciendo.

Hannah alargó el brazo y tocó al potro con reverencia.

—Mirad —exclamó cuando el animal le lamió la mano—. ¡Le gusto! ¡Le gusto mucho!

—Claro, porque eres de su tamaño —contestó Gabriel—. Sabe que no le vas a hacer daño.

—¿De verdad?

Hannah miró a Gabriel y, de repente, se dio cuenta de que estaba de pie. Rachel la vio apretarse contra él y, antes de que pudiera sentir miedo, Gabriel la volvió a tomar en brazos.

—¿Qué te parece? —dijo con admiración—. Has estado de pie sin darte cuenta.

Hannah tragó saliva y miró a su madre.

—Sí, sí, he estado de pie, ¿no? ¿Me has visto, mamá? Estaba de pie.

—Sí. te he visto —contestó Rachel intentando que no se le notara el pánico que había sentido al principio ni la decepción de que él hubiera conseguido lo que ni ella ni su madre ni el médico habían conseguido nunca—, pero creo que el señor Webb debe dejarte ya en la silla.

—¿Por qué?

Hannah estaba encantada en brazos de Gabriel porque estaba a más altura de lo que solía estar y veía más cosas. Además, era el centro de atención.

—Porque no creo que a su médico le hiciera mucha gracia que anduviera todo el día contigo en brazos —contestó sabiendo que estaba siendo demasiado estricta con la niña.

Gabriel torció el gesto y dejó a la niña en la silla. Si se había enfadado con Rachel por echarle en cara su enfermedad, no dijo na-

101

da. Además, en ese momento, llegó Katy Irving.

—¿Quieres venir a ver a los demás caballos? —le preguntó a la niña. Hannah contestó que sí entusiasmada y se lanzó a contarle que había acariciado al potro de pie.

—Luego volveré a hacerlo.

—Hoy, no —intervino Rachel descargando sus miedos en su hija—. Voy con vosotras,

—No —contestó Hannah—. No quiero que vengas. Soy mayor.

—Bien —contestó Rachel con un nudo en la garganta. Claro que era mayor. Iba al colegio. Sin embargo. no pudo evitar sentir que había sido Gabriel quien había instigado aquel arrebato de independencia y no le gustó.

Katy puso cara de circunstancias mientras se hacía cargo de la silla y Rachel consiguió sonreír.

—Prometo cuidarla bien, señora Kershaw —dijo Katy mirando a su jefe—. Estaremos en los prados, ¿de acuerdo?

—Bien —contestó Rachel dándose cuenta de que la joven se había dado cuenta de sus temores. Estaba claro que Gabriel les había hablado de ellas porque sabía su nombre. Otra razón para enfadarse—. Hasta luego, cariño. Sé buena.

—Siempre soy buena —murmuró Hannah enfadada—. Adiós, mamá —añadió sin mirar atrás.

Rachel fue hacia la puerta, pero Gabriel la agarró del brazo.

—¡Espera! Dales tiempo. No querrás que Hannah crea que no confías en ella, ¿verdad?

Rachel se soltó.

—No hace falta que me digas lo que tengo que hacer con mi hija —le espetó—. ¡Supongo que después del numerito te creerás un experto!

Gabriel estaba en el pasillo que llevaba a la puerta y le bloqueaba el paso.

—Me parece que estás dejando que tu resentimiento hacia mí te ciegue. En realidad, no he hecho nada —contestó amablemente—. Hannah ha estado unos segundos de pie. ¿Qué hay de malo en ello?

Nada. pero no quería que él dijera la última palabra.

—Estás haciendo que Hannah albergue esperanzas imposibles.

—¿Imposibles? —repitió él con las cejas enarcadas—. ¿No me habías dicho que la parálisis de Hannah era solo temporal, que el médico cree que es más psicológica que física?

Rachel apretó los dientes.

—No debería haber hablado de la salud de Hannah contigo.

—¿Por qué no? —preguntó él acercándose—. ¿Temes que, si Hannah recupera la movilidad, no te necesite tanto?

—¡No! —exclamó Rachel horrorizada—. ¿Cómo te atreves? Soy la primera que quiere que Hannah vuelva a andar.

—Muy bien —dijo él quitándole un mechón de pelo de la cara—. Entiendo que te dé miedo. Después de todo, debió de ser un golpe muy duro perder a tu marido.

—¿Qué quieres decir? —dijo Rachel quitándole la mano—. ¿Crees que utilizo a Hannah? ¿Que, tras la muerte de Larry, no tengo otra razón para vivir?

—Eres tú la que tiene que contestar a eso —contesto él.

Rachel se enfureció.

—No ante ti, desde luego —le espetó—. ¡Aparta de mi camino!

Dio un paso al frente esperando que él se quitara, pero no lo hizo. No se movió y Rachel se dio contra él. Durante un segundo, estuvieron pecho con pecho y cadera con cadera. Al sentir el calor que emanaba de su cuerpo, Rachel dio un paso atrás y se apoyó en la pared de la cuadra.

Se golpeó la cabeza contra la madera y no pudo reprimir un grito de dolor. Gabriel soltó un improperio y corrió a masajearle el lugar donde se había golpeado.

—¿Estás bien? Maldita sea, Rachel, ¿no sabes que no te haría nunca daño? ¿Por qué te comportas como si te hubiera atacado?

—Ha sido culpa mía —contestó moviendo la cabeza a un lado y a otro. Sintió pánico al tenerlo tan cerca. Tenía el cuello de la camisa desabrochado y le veía el cuello, olía su aroma mezclado con sudor—. Ha sido un accidente.

—Un accidente que yo he provocado —dijo él acariciándole las orejas—. Lo siento.

—Por favor...

Rachel no sabía cuánto iba a aguantar sin traicionarse. Seguramente, él no se había dado cuenta de que sus piernas estaban en contacto, de que sus muñecas le estaban rozando el cuello y de que el enfado había dado paso a emociones mucho más complicadas.

Sintió deseos de tomarle la cara entre las manos y dibujar el sensual contorno de su boca. ¿Qué haría si lo besara? ¿Y si abriera las piernas, le agarrara la mano y la pusiera en el centro de su feminidad?

—No me mires así —dijo él de repente—. No hagas que me odie más de lo que ya lo hago.

—No comprendo...

—Claro que lo comprendes —le espetó con furia—. Te doy lástima, ¿verdad? Ya te dije que no soy un inválido, Rachel. Soy un hombre. No quiero tu compasión. Solo quiero... Dios, si lo supieras.

—Gabriel...

Dijo su nombre con dulzura. En una mezcla de frustración y deseo, el le acarició la nuca. Gimió y la acercó hacia sí buscando su boca. Rachel estaba fuera de sí. El ardor de su beso fue tal, que no dudó en agarrarlo del cuello de la camisa y en abrir la boca para dejar explorar a su lengua.

Dios gracias por estar apoyada en la pared porque, de lo contrario, estaba segura de que se habría caído. Tal vez, lo hubiera arrastrado con ella, pensó al sentir el delicioso peso de su cuerpo. Dios, ¿en qué estaba pensando? Había personal de servicio por allí. ¿Quería que se enteraran de que quería que aquel hombre le... le...?

¿Qué?

Gabriel le estaba acariciando el cuello sin dejar de besarla. Rachel sentía los pechos duros y no puso objeción cuando él colocó una de sus piernas entre sus muslos temblorosos aunque pensó que, quizás. sintiera la humedad que emanaba de su cuerpo.

Estaba muy claro lo que quería de aquel hombre. Aunque fuera una locura quería

106

que le hiciera el amor. Allí y en ese momento, en el suelo. No le importaba. Se moría por él.

—¡Dios, Rachel!

Lo dijo tembloroso también. Siguió besándola por la cara y, de repente, se apartó.

—No podemos hacerlo —dijo.

—No —contestó ella sin saber cómo.

Consiguió recobrar la compostura de alguna forma y fingir cierta dignidad, pero, por dentro se quería morir. ¿Cómo iba a lidiar con la idea de que aquello no había significado nada para él?

—Esto no tenía que haber sucedido —continuó Gabriel pasándose las manos por el pelo—. Vas a pensar que lo tenía todo planeado.

—¿Y no era así? —preguntó Rachel sospechando que no decía la verdad.

—Bueno —contestó él—, claro que había pensado en cómo reaccionarías si te tocara. Para ser sincero. no he pensado en mucho más desde qué... bueno, desde que te conocí. Pero yo creía que tú nunca dejarías que te besara, así que estaba seguro de poder mantener mis instintos a raya. Patético. ¿verdad?

—Yo no diría eso —contestó Rachel—. A menos que te arrepientas de haberme tocado.

Gabriel la miró fijamente.

107

—¿Cómo dices eso? Te acabo de decir lo que siento.

—No, de eso nada —dijo ella—. Lo único que has hecho ha sido disculparte por haber hecho algo que... a mí me parece de lo más natural.

—Claro —dijo él sin creerla—. Ahora me vas a decir que entiendes por qué lo he hecho, por qué me he comportado como un obseso en cuanto me he quedado a solas contigo.

—No te has comportado así —protestó—. Me has besado —añadió. Dudó y continuó—. Así de simple. No ha sido para tanto.

—¿De verdad? ¿Me estás diciendo que sueles dejar que los hombres te toquen sin más? ¿Me estás diciendo que no te parece mal que haya intentado seducirte?

—Claro que no...

Rachel estaba horrorizada, pero Gabriel no le dio oportunidad de explicarle que estaba intentando tranquilizarlo.

—Obviamente, estoy anticuado —dijo él con dureza—. Había olvidado que las mujeres de hoy en día se jactan de ser igual que los hombres. En todos los sentidos.

—Yo no soy así —dijo Rachel, pero Gabriel no la escuchaba.

—Supongo que Andrew te trataba así,

¿no? Tal vez, debería haberle pedido consejo a mi hijo antes de adentrarme en aguas tan peligrosas. Seguro que el no habría intentado pedir perdón por algo que no ha sido... ¡para tanto!

—¡Oh. Gabriel! —dijo cerrando los ojos para no ver el dolor de los suyos—. ¡No digas eso! Lo que ha pasado entre nosotros no tiene nada que ver con Andrew. Desde luego, no por mi parte.

—¿Y esperas que te crea?

—No espero nada de ti —contestó Rachel abatida abriendo los ojos—. Ni siquiera te entiendo. No sé que me quieres decir. Pero, para que lo sepas, nunca me acosté con tu hijo, a pesar de lo que él te haya dicho. Si no te importa, quítate de en medio...

—Dios mío, Rachel... —gimió Gabriel.

—Lo digo en serio —dijo casi agotada—. Quiero ir a buscar a mi hija.

—Todavía, no —contestó él también exhausto—. Tenemos que hablar...

En ese momento, entró un empleado a dar de beber a los animales.

—¿Molesto, señor? —preguntó.

Gabriel se vio obligado a apartarse de Rachel para hablar con él. Ella aprovechó para cerrarse la chaqueta porque no sabía si llevaba todos los botones de la camisa abrochados y salir corriendo por el pasillo. Al llegar fuera, tomó aire.

Capítulo 8

EL lunes por la mañana, a Rachel le costó un gran esfuerzo levantarse de la cama. El despertador sonó a las siete menos cuarto y sintió deseos de esconder la cabeza entre las almohadas e ignorarlo. No quería levantarse ni enfrentarse a aquel día. Y lo que menos quería era pensar en lo que había ocurrido con Gabriel el día anterior.

Al oír a su madre, se dio cuenta de que debía actuar como si su visita a Copleys hubiera sido un rotundo éxito. Le había contado que la niña se había sostenido en pie unos segundos y, aunque la señora Redfern también tenía sus reservas, había congratulado a su nieta por el logro. En cuanto a Hannah, se lo había pasado estupendamente y así quería Rachel que fuera su recuerdo.

Hannah había disfrutado de lo lindo dando terrones de azúcar a los caballos y siendo el centro de atención por una vez. Todo el personal se había volcado con ella, que estaba encantada. Por primera vez desde el accidente, se había mostrado como antes: relajada, feliz y segura de sí misma.

Lo difícil era admitir que todo había sido gracias a Gabriel. Él había propuesto la visita, él había sido el artífice de que la niña se sostuviera en pie y de él había recibido la atención masculina que tanto necesitaba. Rachel tuvo que admitir que Gabriel tenía mucha paciencia con la niña.

Tras el episodio de la cuadra, había temido que fuera a pagarla con Hannah, pero debería haber sabido que no iba a ser en absoluto. Fue el mismo de siempre con la niña. Al contrario, se había mostrado todavía más solícito con ella, como para demostrar a su madre que no se parecía en nada a su hijo.

Como si ella creyera que sí...

Hannah estaba habladora en el desayuno. Rachel creía que ya lo había dicho todo durante la cena, pero evidentemente se había equivocado. La noche anterior había estado cansada, aunque había narrado emocionada el momento en el que había acariciado al potrillo y les había anunciado que seguía buscando un nombre. Luego había caído dormida. Sin embargo, aquella mañana, contó a su abuela la discusión que Gabriel había mantenido con su madre antes de ir a ver los caballos. Rachel se quiso morir.

—No fue una discusión —protestó—. Cómete los cereales, que vas a llegar tarde.

—Tiene tiempo de sobra —dijo su madre—. Eres tú la que va a llegar tarde, Rachel. Si no te das prisa, cuando abras, no vas a tener ni el café hecho.

—Fue una discusión —continuó Hannah—. La madre de Gabe dijo que había tenido un infarto —añadió muy orgullosa—. Y él dijo que no.

—Un infarto —murmuró la señora Redfern—. Así que eso ha sido lo que lo ha traído a Copleys. Sabía que tenía que ser algo grave.

—No fue un infarto —dijo Rachel irritada levantándose de la mesa—. Así que no vayas por ahí contándolo. Trabajaba demasiado y le dijeron que descansara.

—Eso es lo que tú dices.

—Eso es lo que yo sé —dijo Rachel cortante. Miró a su hija fríamente—. Después de cómo se portó Gabriel contigo de bien ayer, no deberías cotillear sobre él.

A Hannah le tembló el labio inferior.

—No estaba cotilleando.

—Claro que sí —insistió Rachel ignorando las lágrimas de su hija—. Que no se te olvide para la próxima vez. Además, ni siquiera tendrías que haber escuchado aquella conversación.

—¿Y qué quieres que haga la niña, que se tape los oídos? —le soltó su madre. Rachel sospechó que lo único que le interesaba a su madre eran las cosas malas sobre los Webb. La parte de los caballos no le importaba, pero lo del infarto ya era otra cosa.

—Bueno, Hannah sabe lo que pienso al respecto —contestó tomando la chaqueta y el bolso—. Os veo esta tarde —añadió dándole un beso a su hija en la mejilla—. Que tengáis un buen día.

El autobús que solía tomar pasó antes de que le diera tiempo de llegar a la parada, así que decidió ir andando. En el trayecto, se encontró pensando de nuevo en lo ocurrido el día anterior.

No había pasado nada después del humillante intercambio de la cuadra. El resto del tiempo. Hannah estuvo con ellos y sus emocionados comentarios habían llenado el ambiente.

Preguntó si podría volver para montar a caballo. Aunque había creído que nunca volvería a aquel lugar, Gabriel le explicó que Hannah iba a necesitar una silla especial.

Se ofreció a conseguir una, pero Rachel se negó. No creía que montar a caballo fuera algo muy recomendable para su hija y, además, los niños montaban ponis, no caballos adultos. Para tristeza de la niña, dejaron el tema, y Rachel se justificó a sí misma convenciéndose de que las clases eran muy caras.

La comida había sido un infierno. Debería haber sido muy agradable, ya que comieron solos, sin su madre, en plan informal, pero no fue así. Aparte de su enfado con Gabriel. no le había gustado que le sirvieran unos desconocidos que, probablemente, se preguntaran qué estaba haciendo su jefe con la dueña del café.

Gabriel, por supuesto, no parecía disgustado en absoluto. Había conseguido controlar sus sentimientos y estuvo hablando con ella tranquilamente, eso sí, siempre sobre temas como el tiempo. Hannah no se había dado cuenta de que nada fuera mal y, por ello, debía estarle agradecida. No quería ni imaginar la curiosidad de su madre si la niña hubiera dicho que Gabriel y ella habían dejado de hablarse de repente.

A pesar de que Hannah no quería, se fueron después de comer. La niña quería volver a las cuadras, pero la respuesta fue no. Gabriel la miró con escepticismo cuando puso como excusa que tenía una montaña enorme de papeles esperándola en casa. No la creyó.

«¿Y qué?», se preguntó acelerando el paso. No creía que lo fuera a ver de nuevo. Tampoco quería. No estaba muy segura de que fuera tan diferente de Andrew, al fin y al cabo. Desde luego, no en lo referente al respeto por ella.

El día fue de mal en peor. Tal y como había predicho su madre, los primeros clientes llegaron antes de que le diera tiempo de hacer el café. Para colmo, el horno que había arreglado Joe se negó a funcionar.

Cuando Stephanie llegó, se encontró a su jefa apañándoselas con un horno, pero no era suficiente para preparar todos los platos de pasta que servían a la hora de comer. La lasaña de Rachel tenía mucha fama y tener que decir que no había no le hacía ninguna gracia.

—¿Has llamado a Joe?

—La última que vino a arreglarlo, ya me advirtió que tenía que comprar otro —contestó sin querer admitir que no quería llamar a Joe por motivos personales—. Es muy viejo...

—Aun así...

—Vamos a tener que cambiar la carta. Hoy, vamos a concentrarnos en las sopas y en las ensaladas y vamos a cruzar los dedos para que nadie pida pasta. Siempre podemos utilizar el microondas para una emergencia.

—¿Vas a llamar a Joe o no?

—No, de momento no —contestó Rachel—. Vaya, aquí llega Patsy. Creí que no venía.

—Son solo las nueve y media —dijo Stephanie secamente poniéndose el delantal—. ¿Me vas a decir por qué no quieres llamar a Joe? A ver si lo adivino: se te declaró el sábado en la feria y lo mandaste a freír espárragos.

—¿Cómo sabías que fue a la feria el sábado?

—¿No fue todo el mundo acaso? Incluso Gabriel Webb, como ya sabrás —dijo Steph—. ¿Se quedó mucho tiempo cuando yo me fui?

—¿Joe? —preguntó Rachel—. El sábado no vino a verme al café, no vino a la feria por mí y no lo mandé a freír espárragos.

—Me refería a Gabriel Webb. ¿Lo vas a volver a ver?

—No creo.

Rachel se giró para saludar a Patsy, pero Stephanie no había terminado.

—¿Por qué no? ¿Qué ha pasado? A mí me pareció muy interesado.

—¿Qué es esto? ¿Un interrogatorio? —se defendió Rachel. Sabía que, tarde o temprano, Stephanie se iba a enterar de su visita a Copleys, pero no había llegado el momento—. Nos tomamos un té, ¿de acuerdo? A Hannah le gusta Gabriel. ¿Podríamos volver a pensar lo que vamos a servir de comida?

—¿Qué ha pasado? —preguntó Patsy. Rachel le contó lo del horno.

—¿Por qué no damos pan con queso y embutidos? —sugirió la chica antes de ir a comprar el pan.

—Me parece una buena idea —contestó Rachel sonriendo—. ¿Por qué no te dedicas a pensar en cosas como esta y no pierdes el tiempo con tus preguntas? Luego llamaré a Joe, pero no puede hacer nada mientras el café esté abierto, ¿verdad?

—Supongo que no —contestó Stephanie encogiéndose de hombros—. ¿Qué tipo de sopas quieres?

A pesar del optimismo de Rachel, a los clientes no les gustó demasiado el cambio en la carta. Les aseguró que era temporal, pero no sabía cómo iba a hacer frente al gasto de comprar un horno nuevo. Además, no estaba segura de que Joe le fuera a perdonar cómo lo había tratado el sábado y, sin su ayuda, las cosas parecían todavía más negras.

A la una y media, cuando casi toda la clientela de la hora de comer se había ido ya, apareció Gabriel.

—Ha venido otra vez —le susurró Patsy.

—¿Quién? —preguntó Stephanie girándose—. Vaya, Rachel, espero que no haya venido a probar tu famosa lasaña.

¿Qué estaba haciendo allí? Después de haberse ido como se había ido la tarde anterior, Rachel había creído que no lo iba a volver a ver.

Pero allí estaba, tan oscuro e inescrutable como la primera vez que lo vio. No tenía buen aspecto «y a mí qué me importa?», pensó Rachel.

—Uy, uy, viene hacia aquí —añadió Stephanie—. ¿Quieres servirle tú o dejamos a Patsy hacer los honores?

Rachel apretó los dientes.

—Ya me encargo yo —contestó sin saber si Gabriel habría ido a tomar algo. Y, si no, ¿para qué habría ido? Un escalofrío le recorrió la espalda. Cruzó los dedos para que no le dijera lo que no había podido decirle delante de Hannah.

Llegó a la barra con las manos en los bolsillos. Stephanie se metió en la cocina y Patsy se fue a limpiar las mesas.

Rachel, sudada y con el delantal manchado, sonrió levemente y fue hacia él.

—¿Té? —le preguntó concisamente.

—No, gracias —respondió él—. ¿Qué pasa?

—No sé a qué te refieres. ¿Por qué tiene

que pasar algo porque te pregunte si quieres un té? Es a lo que vienes normalmente, ¿no?

—No me refería a eso y lo sabes —dijo Gabriel mirándola con curiosidad—. Ha pasado algo. No creo que tengas esa cara por mi presencia.

—Te estás imaginando cosas —contestó Rachel—. ¿Podríamos hablar de otra cosa?

—Muy bien, si quieres jugar así...

—No estoy jugando —contestó ella. Sabía que estaba siendo demasiado cortante, pero no podía evitarlo—. ¿Quieres algo o no?

—No he venido a tomar nada. Bueno, sí, pero no creo que quieras dármelo —bromeó—. Tengo que hablar contigo.

—No —contestó Rachel en voz baja—. Ya nos dijimos ayer todo lo que teníamos que decirnos.

—¿Por qué las mujeres siempre habláis con frases hechas? Ayer no nos dijimos nada y lo sabes.

—No sé nada.

—Pues deberías —dijo con firmeza—. Supongo que me vas a echar en cara lo que dije de Andrew, ¿no? Me arrepiento profundamente, de verdad.

—¿Y se supone que eso debe tranquilizarme?

—No, solo estoy intentando hacerte entender que, a veces, en situaciones estresantes decimos cosas que no queremos decir. Maldita sea. Rachel, hace mucho tiempo que no trato con mujeres y no sé cómo hacerlo. Y. menos, con una mujer joven como tú.

—Claro —se burló ella—. Y ahora me dirás que no ha habido ninguna mujer desde que murió tu mujer. ¿Y eso fue hace cuánto? ¿Diez años?

—Doce —corrigió—. Claro que ha habido mujeres desde la muerte de Celeste. ¡No soy un monje!

—¿Ves? —dijo Rachel triunfal.

—La diferencia es que me daba igual lo que pensaran de mí —contestó él mirando a su alrededor—. Dios, debo de estar loco para venir aquí y pretender que me escuches. Tal vez, tenga más suerte más tarde.

«O puede que no», pensó Rachel mientras lo veía salir del café. Tal vez ni siquiera lo intentara. No sería de extrañar después de cómo lo había tratado.

—¿Qué ha pasado?

Como de costumbre, Stephanie quería saberlo todo. Rachel suspiró.

—Nada. Voy a llamar a Joe. Tal vez, pueda venir a echarle un vistazo al horno esta tarde cuando cerremos.

Stephanie la miró suspicaz, pero no dijo nada. Le debió de parecer suficiente que quisiera hablar con Joe, Al fin y al cabo, el futuro de todas ellas dependía de que el café fuera bien.

Joe apareció sobre las cinco. No mostró el más mínimo enfado con ella y Rachel se sintió culpable por molestarlo tanto.

Stephanie se había ido con Patsy a las cinco menos cuarto, así que, cuando llegó Joe, estaba sola y se preguntó si él estaría pensando en lo del sábado.

—Gracias por venir tan rápido —le dijo decidiendo no hablar de temas personales—. Parece que, al final, me voy a tener que comprar otro horno.

—Vamos a ver —contestó él dejando las herramientas en el suelo—. ¿Qué ha pasado?

—Esta mañana, no funcionaba —le explicó Rachel apoyándose en la barra—. He tenido que cambiar el menú porque necesitaba el otro horno para las pastas.

—Mmm.

Joe tomó un destornillador y comenzó a trabajar.

—¿Quieres un café?

—No, gracias, pero un refresco me vendría bien. Debemos de tener más de 25°C.

—¡De verdad? ¿Qué te parece una coca-cola?

—Estupendo —contestó él sin mirarla.

Rachel fue a la nevera y pensó que, tal vez, había entendido que no le interesaba. Bien, porque no quería poner fin a su amistad con él.

—¿Qué tal?

—No muy bien —contestó Joe—. Vas a tener que cambiarlo.

—¡Dios mío! ¿Qué voy a hacer?

—¿Quieres que te ayude?

—¿Se refieres a lo de los hornos de la panadería Chadwick?

—Hay otra alternativa —contestó Joe—. Tengo algo ahorrado. Tal vez puedas convencerme para que lo invierta aquí. No solo el horno necesita un arreglo.

Rachel no podía ocultar su sorpresa.

—¿Me quieres dejar el dinero para arreglar la cocina? Joe, cuánto te lo agradezco. pero no creo que pudiera con otro crédito. Si el banco aumentara mi descubierto...

—¿Quién ha hablado de un préstamo? —le interrumpió—. Te estoy hablando de ser socios, Rachel. Tú necesitas dinero y yo lo tengo. Muy fácil.

—Oh, no —contestó ella sin pensarlo. No quería ofenderlo, pero no quería convertirlo en su socio bajo ningún concepto—. Te agradezco mucho tu propuesta, pero... bueno, es mi negocio y quiero que siga siéndolo.

—¿Y qué vas a hacer entonces?

Lo había dicho enfadado y Rachel se preguntó si el día se podía poner más negro.

—No lo sé. Si pudieras conseguirme uno de los hornos de Chadwick...

—Tengo otro comprador para esos hornos —contestó Joe cortante—. La última vez que hablamos del tema, me dijiste que te parecía demasiado trastorno cambiarlo.

—Eso fue antes de que...

Iba a decir «antes de que se rompiera por completo», pero Joe se le adelantó.

—Antes de que Webb se interesara por ti —acusó—. Ya lo sé. Lo vi salir detrás de ti el sábado.

Rachel se quedó con la boca abierta.

—Iba a decir que eso había sido antes de verme en este lío —le dijo enfadada—. No creo que mi amistad con el señor Webb tenga nada que ver contigo.

—¿Amistad? ¿No te das cuenta de que quiere probar lo que su hijo ya tuvo?

—¿Cómo te atreves?

—Porque me preocupo por ti —contestó Joe acalorado—. Rachel, no quiero hacerte daño, pero, no creerás que solo quiere hablar contigo, ¿verdad?

—¿Tú qué crees que quiere, Joe? Me gustaría saberlo.

—Lo sabes —murmuró dejando el refresco y yendo hacia ella—. Rachel, quiere acostarse contigo, ¿qué va a querer? —añadió agarrándola de los hombros.

—¡Quítame las manos de encima!

Rachel no podía soportar su contacto e intentó soltarse, pero Joe no la quería soltar. La agarró de los antebrazos y se inclinó sobre ella para besarla.

—Vamos, Rachel —murmuró—. Lo deseas tanto como yo.

Capítulo 9

No creo.

Rachel reconoció la voz y, al girarse, vio a Gabriel.

Joe también había oído su tono burlón.

—¿Y a usted quién le ha pedido su opinión? ¿Qué esta haciendo aquí? Rachel no me habría invitado a venir si hubiera sabido que usted iba a aparecer.

Gabriel avanzó con el ceño fruncido.

—¿Le has dicho tú que venga. Rachel?

—Sí, pero...

—Eso es todo lo que necesita saber —interrumpió Joe saliendo de la barra amenazante—. Rachel no lo necesita. Tiene muchos amigos que se preocupan por ella. Amigos que no esperan favores a cambio.

—¿Cómo usted?

Gabriel no parecía asustado.

—¿Qué quiere decir con eso?

—Me parece que está bastante claro —contestó Gabriel dando un paso al frente—. ¿Qué tipo de favores esperaba de Rachel por ayudarla, como usted dice?

Joe intentó agarrar a Gabriel del cuello de la chaqueta, pero Rachel le dio un golpe en el brazo y se lo impidió.

—¿Estas loco?

Joe la miró furioso.

—¿Lo defiendes? Me ha insultado y no permito que nadie me insulte. Menos un imbécil como él.

—¿Y que vas a hacer? —gritó Rachel—. ¿Pegarle? —añadió mirando la cara de indiferencia de Gabriel.

—Ya estoy viendo los titulares: «Joe Collins agrede a magnate de los negocios». Sí, eso. Adelante. Destrózate el futuro.

Joe dio un paso atrás y se apoyó en la barra.

—Rachel tiene razón. No voy a arriesgar mi negocio por una sabandija como usted.

—Yo creo que debería irse —dijo Gabriel—. A no ser que Rachel haya organizado esto en mi honor.

Rachel se ruborizó.

—Joe ha venido a mirar el horno —le explicó—. Me... estaba diciendo que me tenía que comprar otro justo cuando entraste.

—¿Y te estaba consolando?

Aquella vez fue ella la que sintió ganas de pegarle.

—No —contestó enfadada—. Él... se iba ya —añadió mirando a Joe.

—¡Rachel! —exclamó Joe—. Por Dios, no lo dirás en serio, ¿verdad? Si salgo por esa puerta, no esperes volver a verme —le advirtió.

—Lo siento, Joe —contestó ella. Joe maldijo, recogió las herramientas y salió del café furioso.

Gabriel se quitó de su camino, pero Joe ni lo miró. Rachel estaba segura de que le echaba la culpa a ella de lo ocurrido y no quería ni pensar en lo que iba a decir su madre cuando se enterara.

Tras el portazo que dio al salir, reinó el silencio unos segundos. Rachel recobró la compostura y observó cómo había quedado el horno, con todos los cables por fuera y completamente desmontado.

—Supongo que este es el horno en cuestión.

No se había dado cuenta de que tenía a Gabriel detrás.

—Eh... sí —contestó—. Voy a tener que buscarme otro electricista.

—¿No habías dicho que Collins te ha dicho que no tiene solución?

—Sí, pero quiero una segunda opinión.

—¿Por qué? ¿Sospechas que te ha mentido para sacar provecho? Un toma y daca, ¿eh?

Sin pensarlo, Rachel lanzó la mano hacia su cara, pero estaba claro que Gabriel no había perdido reflejos y le agarró la muñeca al vuelo.

—No me parece justo que intentes abofetearme por hacer una pregunta razonable.

—¿Razonable? —repitió ella apretando los dientes para no llorar—. Estás dando por hecho que estaba dejando que... Joe me besara... porque necesitaba su ayuda.

—No —suspiró Gabriel soltándole la mano—. En realidad, estoy de acuerdo contigo. Deberías llamar a otro electricista.

Rachel se frotó la mano y suspiró también.

—Si tú lo dices —musitó sintiéndose idiota por haberlo acusado—. Voy a consultar las Páginas Amarillas.

Gabriel dudó.

—¿Quieres que te ayude?

—No, gracias —contestó Rachel con la guía en la mano.

—No me culpes a mí de la indiscreción de tu amigo. No estaba en sus cabales cuando entré.

—Lo sé.

—Entonces. ¿por qué no quieres que te ayude? Prometo no saltar sobre ti si dices que sí.

—No hace falta que me ayudes.

—Ya lo sé, pero... maldita sea, tengo más de diez electricistas en la fábrica de Kingsbridge. ¿Qué me cuesta llamar a uno para que venga a mirar el horno?

Rachel dudó.

—¿Crees que no le importaría?... Claro que no, al fin y al cabo, les pagas.

—La empresa —le corrigió—. No creo que hubiera problema.

—Bien —contestó Rachel—. Gracias.

Gabriel tomó aire y sacó el móvil del bolsillo. Marcó un número y en pocas palabras le explicó la situación a la persona que se encontraba al otro lado. Colgó y le dijo que ya iban para allá.

—Llegará en unos... —miró el reloj—... veinte minutos. ¿Puedes esperar?

—Por supuesto —contestó Rachel mirándolo avergonzada—. Gracias. Te agradezco lo que estás haciendo.

—De nada —contestó él—. ¿Quieres que me vaya?

Rachel lo miró.

—Eh... tú decides.

—¿Sí? No quiero que creas que pretendo retomarlo donde lo ha dejado Collins.

—No lo creo —dijo Rachel—. ¿Quieres tomar algo?

—¿Por qué no cruzamos la calle y dejas que te invite a algo? Puedes dejar una nota en la puerta para el electricista —sugirió Gabriel con dulzura.

—Pero... —dijo ella mirando todos los tornillos que había por el suelo—. Iba a recoger todo esto.

—¿Para qué? Lo van a tener que desmontar del todo, ¿no? Déjalo. Pareces... agotada.

—Lo que estoy es hecha un asco —contestó dándole una última oportunidad de echarse atrás.

—¿No quieres tomar nada?

—No he dicho eso.

—Bien, pues vamos antes de que llegue el electricista —dijo él haciendo un gesto hacia la puerta.

Rachel se quitó el delantal obedientemente. El Golden Lion estaba más lleno que de costumbre. Había turistas y tuvieron que quedarse en la barra, así que no podían mantener una conversación íntima. Rachel supuso que daba igual porque, aunque hubiera vuelto, no creía que hubiera dicho en serio lo que había dicho a la hora de comer.

—¿Qué quiere, señor Webb? —preguntó el camarero—. Me alegro de verla, señora Kershaw —sonrió.

—Una cerveza, Jack —contestó Gabriel—, Y un gin-tonic para la señora Kershaw.

—Marchando.

—¿Un gin-tonic? —preguntó Rachel cuando el camarero se hubo ido—. ¿Has olvidado que bebo zumo de naranja?

—Ayer tomaste vino en la comida. Te vendrá bien, de verdad.

—¿Tengo que recordarte que tengo una niña de seis años esperándome en casa? ¿Qué va a pensar si llego oliendo a alcohol?

—Cómprate un paquete de chicles —contestó Gabriel—. No creo que te emborraches con un gin-tonic.

—Tú, no, pero... Bueno, no me lo pienso beber —dijo enfadada.

—¿Por qué no te tranquilizas? —dijo él dándole un beso en la comisura de los labios—. Has tenido un mal día, eso es todo.

Rachel se quedó mirándolo fijamente.

—¿Crees que esto me ayuda? —dijo iracunda—. ¡Dios mío, podría verte cualquiera!

—¿Y? No tengo nada que esconder.

—No lo dices en serio.

—Claro que sí —contestó Gabriel—. ¿Me convierte eso en una persona igual de mala que Collins?

—Eso es lo que él ha dicho.

—¿Collins ha dicho que yo era mala persona?

—No —suspiró Rachel—. No sé lo que ha dicho. No sé qué pensar de él.

—Yo, sí —dijo Gabriel pasándole la copa—. Cuéntame lo que ha dicho de mí.

—¿Para qué? ¿Para que lo denuncies en la Cámara de Comercio?

—No sé qué creerás de mí, pero no hago esas cosas. Lucho por mis asuntos personales de otra forma.

Rachel no lo dudaba. No era un cobarde. Sin pensarlo, se llevó el gin-tonic a los labios. Tal y como él le había dicho, la bebida la reanimó rápidamente.

—Él... dice que te has fijado en mi cuerpo —contestó.

Gabriel sonrió.

—Vaya, es más listo de lo que creía —dijo dando un trago a su cerveza—. ¡Una por el señor Collins!

—No tiene gracia.

—No pretendía tenerla —contestó él mirándola—. Nunca lo he negado y, después de cómo me comporté ayer, me sorprende que no lo sepas.

—Entonces, ¿es cierto? ¿Quieres acostarte conmigo?

Gabriel le pasó el pulgar por el labio para secárselo.

—Desear no es malo, ¿no?

Rachel sintió que se le aceleraba la respiración.

—No sé si pienso lo mismo.

—¿Por qué? ¿No puedes imaginarnos en

la cama? Obviamente, no tienes tanta imaginación como yo.

Sí, sí la tenía. A Rachel no le costaba lo más mínimo visualizar la escena. Lo increíble era que él también lo hubiera pensado.

—No creo que debamos hablar de esto —dijo refugiándose en la bebida—. ¿A qué hora has dicho que llega el electricista?

—Todavía, no. Por cierto, no te preocupes, no me suelo dejar llevar por el instinto. A pesar de mi comportamiento de ayer, no suelo forzar a nadie.

Rachel suspiró.

—No me forzaste —admitió—, pero me enfadé porque creyeras que lo hacía con cualquiera. No es así. No... sé qué me ocurrió.

—Me gustaría pensar que lo mismo que a mí —dijo Gabriel—. Rachel, sabes que me gustas. No lo he ocultado en ningún momento.

Rachel bebió un poco más de gin-tonic. Le costaba creer que le estuviera diciendo que la deseaba. ¿Tan ingenua la creía? ¿Iba a resultar ser exactamente igual que Joe?

—Te he asustado —dijo Gabriel—. Tengo la facultad de decir lo que no debo. Rachel, tengo celos. Tengo celos de mi hijo.

—Ya te dije ayer que nunca me acosté con Andrew.

—Pero eso no evita que no pare de pensar en lo que hubo entre vosotros. Conozco a mi hijo... al menos así lo creía. No me puedo creer que no... que no...

—¿Lo intentara? —sugirió Rachel.

—Supongo —contestó Gabriel—. Patético, ¿verdad? Ami edad, debería comportarme de otra manera.

—La edad no tiene nada que ver con esto.

—¿No? —dijo Gabriel con ironía—. Ojalá pudiera creerte. Ayer tuve la sensación de que no querías volver a verme.

Rachel se encogió de hombros.

—Probablemente, habría sido mejor.

—¿Por qué? ¿Porque soy demasiado mayor para ti? ¿Por Andrew? ¿Por qué?

—¡Porque eres quien eres! —exclamó sin querer hacerle daño—. Ya sabes a lo que me refiero.

—¿Ah, sí? ¿Qué crees que quiero de ti, Rachel?

—No lo sé.

—¿Crees que es sexo?

Rachel miró a su alrededor, pero la gente estaba pendiente de sus propias conversaciones, así que nadie les estaba escuchando.

—¿Me crees tan desesperado?

Rachel se sonrojó.

—Rachel, no soy un hombre engreído,

pero te aseguro que podría encontrar una mujer con la que acostarme si quisiera. El dinero atrae mucho.

—A mí, no.

—No, ya lo sé. He entendido el mensaje alto y claro.

—Bien —contestó Rachel apretando las rodillas. incómoda por la sensación que tenía entre las piernas—. Deberíamos irnos.

—No te has terminado la copa y no te he dicho por qué quería verte.

—Creía que me lo acababas de decir.

—No, pero tal vez no sea hora el mejor momento —contestó dejando el vaso vacío a un lado—. ¿Quieres cenar conmigo?

—¿Cuándo?

—¿Esta noche?

—Esta noche, no puedo —dijo automáticamente. Al mirarlo a los ojos, comprendió que él se había dado cuenta. Pero no dijo nada.

—¿El miércoles?

—¿El miércoles?

Rachel se mojó los labios dándose cuenta de que no tenía una razón de verdad para decirle que no.

—Sí, mañana no puedo —le explicó Gabriel. No... no sé.

No sabía por qué dudaba tanto. No podía fingir que no quería salir con él porque no era así. A pesar de su madre y de Joe Collins, su corazón le impedía rechazar a aquel hombre aunque fuera una locura.

—Rachel... —dijo con suavidad—. Por favor...

—¿Señor Webb?

Rachel, extasiada, vio a un hombre de mediana edad detrás de Gabriel.

—Sí —contestó él.

—Soy George Travis, el electricista.

—Sí —dijo Gabriel levantándose para saludarlo—. ¿Le ha dicho Palmer lo que ocurre?

—Sí —contestó el hombre—. Tengo la furgoneta aparcada al otro lado de la calle. Es suficiente con que la señora Kershaw me deje las llaves del café.

—Voy con usted —se ofreció Rachel—. ¿Vienes con nosotros?

—No —contestó Gabriel—. Buena suerte con el horno.

Rachel dudó, pero se fue con George Travis. Le interesaba realmente saber su opinión sobre el horno que Joe había dado por perdido, pero no pudo evitar mirar un par de veces atrás mientras se dirigían a la puerta.

Gabriel no la miró. Estaba hablando y riéndose con el camarero. ¿Qué le estaría diciendo? ¿Cuándo volvería a verlo?

Capítulo 10

DURANTE los días siguientes, Rachel deseó varias veces tener el número de Gabriel. Se dijo que no era para sacar a colación su invitación a cenar sino para darle las gracias por la visita de George Travis. El electricista le había dicho que habría que cambiar una pieza en unos meses, pero que el horno estaba bien. Lo único que no funcionaba era el botón de encender y apagar.

Rachel no se lo podía creer. Que Joe le hubiera estado mintiendo era inconcebible, pero que hubiera puesto en peligro su negocio eran imperdonable.

Por supuesto, cuando le contó a su madre lo ocurrido, la señora Redfern dijo que aquel electricista trabajaba para Gabriel y habría recibido instrucciones de arreglar el horno como fuera. No se creyó lo de Joe y le dijo que era una exagerada.

Rachel no perdió el tiempo en discutir con ella. Era imposible porque su madre se negaba a aceptar que Gabriel quisiera lo mejor para su hija. Según ella, no era persona de confianza y siempre que podía le decía a su hija que era mejor que no se vieran.

El jueves por la tarde, cuando Rachel ya se había convencido de que él habría decidido no seguir perdiendo el tiempo con ella, llamó.

Rachel estaba en la cocina del café poniendo el lavaplatos cuando Patsy abrió la puerta con el teléfono en la mano.

—Es para ti —anunció. Rachel se dio cuenta de que no era su madre—. Es el señor Webb

Rachel asintió incapaz de hablar. Se secó las manos y fue hacia el aparato.

—Hola —dijo.

—Hola. Rachel, ¿te pillo en mal momento?

—No. no te preocupes. Me alegra que me hayas llamado porque quería darte las gracias por lo del horno y preguntarte cuánto te debo.

—Nada —contestó él un poco irritado—. La visita se realizó durante la jornada laboral, así que la empresa se hace cargo.

—Bueno... gracias —contestó Rachel—. ¿Por eso me llamabas?

—¿Para que me des las gracias por haberte arreglado el horno? —dijo Gabriel con ironía—. Sí, claro, cómo no.

—¡No seas irónico! —exclamó sin pensar—. Quiero decir... ya han pasado unos

cuantos días desde... desde... desde entonces.

—¿No puedes decir «desde la última vez
que nos vimos»? —preguntó en tono acusa-
dor.

Rachel tomó aire.

—¿Has estado ocupado?

—He estado fuera un par de días —contestó—. Andrew... bueno, se había metido en un
lío del que no sabía cómo salir y he tenido que
ir a ayudarlo.

—Oh —dijo Rachel tragando saliva.

—Ahora que he vuelto, me preguntaba si
querrías cenar conmigo —dijo yendo direc-
to al grano—. Ya te dije que quería hablar
contigo.

Rachel tuvo deseos de preguntar sobre
qué, pero sabía que sonaría estúpido. Además, ¿por qué negar que ella también quería verlo? Al menos, así no estaría Hannah
delante.

—¿Cuándo? —preguntó dándose cuenta
de que le estaban sudando las palmas de las
manos. ¿Qué pasaría si la volvía a besar?
¿Sería capaz de no perder la cabeza?

—¿Qué te parece mañana? —sugirió no
demasiado emocionado—. ¿Te recojo o
quedamos directamente en Dalziel's?

Rachel soltó el aire que había retenido
involuntariamente. Daiziel's era un club de

campo, y su restaurante era probablemente el mejor de la zona.

—¿No habrás cambiado de opinión?

Rachel se dio cuenta de que no había contestado.

—Eh... Dalziel's —murmuró—. ¿No es demasiado... público?

—¿Te da vergüenza que te vean conmigo?

—En absoluto.

—Pues eso parece.

—Bueno, venga. ¿A qué hora nos vemos allí? ¿A las siete?

—A y media mejor —contestó él—. No te preocupes. Intentaré no avergonzarte —dijo colgando.

Patsy, que había terminado de poner el lavaplatos. la miró.

—¿Vas a salir con él?

—Cómo si no lo supieras —contestó Rachel sonriente—. Me va a llevar a Daiziel's. ¿Has estado alguna vez?

—¿Yo? Pero, ¿tú sabes lo que cuesta?

—Me lo imagino. Dios mío... ¿y qué me voy a poner?

—Algo sexy —contestó la chica rápidamente—. Algún modelito de la tienda nueva.

—¿Qué tienda?

—Looking Good —contestó Patsy—.

Tienen cosas preciosas.

—Para mujeres mucho más jóvenes que yo —dijo Rachel recordando la ropa que había visto en sus escaparates—. Yo no me puedo poner eso.

—¿Por qué? Si estuvieras gorda, te entendería, pero tú te puedes poner lo que quieras.

—No me adules —sonrió Rachel.

—No te adulo. Si quieres, voy contigo. Sé exactamente lo que necesitas.

—Bien, si no te importa esperar a que cierre...

Mientras iba hacia el club de campo, sintió que debería haber hecho caso a su madre y haber tirado a la basura el modelito. Era demasiado atrevido para ella y, al imaginar cómo irían vestidas las demás mujeres que hubiera allí, le entraron sudores fríos.

Aunque, al mirarse en el espejo en casa, se había sorprendido de lo guapa que estaba. El vestido de gasa en tonos verdes y azules era elegante y, con unas cuantas cadenas de oro y unas sandalias, le daba una sofisticación que nunca había tenido.

Al bajar las escaleras y ver a su madre, empezó a tener dudas, sobre todo cuando Hannah la miró preocupada.

—Estás... diferente, mami —le dijo. No fue un cumplido.

A unos cien metros de su destino, Rachel estaba firmemente convencida de haber cometido un terrible error, pero era demasiado tarde. Iba a tener que entrar y cruzar los dedos para que Gabriel no se llevara una impresión equivocada. Al cambiar de marcha y darse cuenta de lo corta que era la falda, decidió que aquello era prácticamente imposible.

Cuando se estaba preguntando dónde debía aparcar, un mozo salió a su encuentro para anunciarle que ya se ocupaba él de aparcarlo. Eso después de haberle dicho, claro, que había quedado con el señor Gabriel Webb. No todo el mundo podía cruzar las verjas de Daiziel's.

Sintiéndose terriblemente ridícula, se envolvió en su chal de cachemira y subió los escalones. Al entrar en el vestíbulo comprobó que el chal, que irónicamente había sido un regalo de su madre, no desentonaba lo más mínimo. Rezó para que Gabriel no la hiciera esperar.

Entonces, lo vio. Estaba con un grupo al otro lado del vestíbulo. Todos parecían en su ambiente. Las mujeres eran mayores que ella e iban mejor vestidas. No debería haber hecho caso a Patsy. Tendría que haberse puesto un traje de chaqueta o algo así.

Gabriel llevaba un traje gris con camisa azul que resaltaba su tez morena. Nunca le había parecido tan atractivo. Si él no la hubiera visto, tal vez, habría huido como un cervatillo asustado.

Pero él se giró, la vio y Rachel no pudo moverse del sitio. Aunque había mucha gente, supo que a él le gustaba cómo iba vestida y aquello la reconfortó.

Gabriel se disculpó y fue hacia ella.

—Hola —dijo sonriendo. Rachel sintió deseos de besarlo en la boca.

Así, sus amigos tendrían algo de lo que hablar, pensó.

—¿Llevas mucho esperando?

—Ha merecido la pena —contestó agarrándole la mano y besándosela.

Rachel sintió su lengua en la palma de la mano y creyó morir. Lo miró a los ojos y vio una mirada enigmática.

—Estás muy guapa. Me siento halagado.

Rachel tragó saliva.

—¿Halagado?

—Que te pongas guapa para mí —contestó—. Ven, te voy a presentar al presidente del club.

—Oh... no —dijo Rachel dando un paso atrás—. O sea... no quiero que tus amigos... crean lo que no es.

—¿A qué te refieres?

—Bueno, ya sabes, ¿qué van a pensar? —preguntó Rachel retorciéndose los dedos.

—Que soy un tipo con suerte. ¿Quieres decir que prefieres que no te presente como mi... acompañante?

—¡No! —exclamó—. Oh, Gabriel, no debería haber venido.

—Vaya, al menos, me llamas por mi nombre... ¿Así que hubieras preferido no venir?

—Yo no he dicho eso —suspiró ella—. ¿De verdad estoy bien? Patsy me ayudó a elegir este vestido y no sé si... bueno, si es demasiado.

—No lo es —contestó él secamente.

—Mi madre piensa que sí.

—¡Qué sorpresa! El hecho de que salieras conmigo ya es censurable para ella.

—No. bueno... —Rachel se dio cuenta de que había llegado el momento de confesar—. Es porque cree que Andrew y yo lo dejamos por tu culpa.

—¡Por mi culpa?

—Sí, verás... no quería decirle lo que Andrew dijo, así que le hice ver que tú lo habías convencido de que yo no era suficiente para él.

Gabriel no dijo nada.

—Dios mío, no me extraña que no le caiga bien —contestó por fin—. ¿No crees que deberías decirle la verdad?

—Sí, lo voy a hacer —contestó Rachel—. ¿Me perdonas? Sé que ahora parece una estupidez, pero en el momento me pareció lo mejor.

—Vamos a tomar una copa —contestó él secamente—. Por cierto, estás guapísima. ¿Contesta eso a tu pregunta?

Rachel fue a decir algo, pero Gabriel le puso la mano en la cintura y la guió hacia el bar, que estaba poco iluminado para crear un ambiente más íntimo. Se sentaron a una mesa y pidió un vino blanco antes de ponerse a mirar nerviosa a su alrededor.

—Tranquila —le dijo él echándose hacia delante—. Si hay alguien a quien estén mirando es a mí.

—¿Por mí?

—Indirectamente, sí —contestó él divertido—. Deben de creer que tú eres la razón por la que me derrumbe en el despacho.

Rachel sonrió.

—No lo dices en serio —dijo más relajada—. ¿Vienes mucho por aquí?

—Vaya, qué pregunta tan original.

Rachel volvió a sonreír. Era demasiado fácil creer que de verdad se sentía atraído por ella, así que prefirió ir al grano.

—Dijiste... que querías hablar conmigo.

¿De qué?

—Ya te lo diré —contestó alzando el whisky que le acababan de llevar—, ¿De acuerdo?

Rachel se encogió de hombros y brindó. El vino estaba bueno. Resbaló por garganta afrutado y suave. Pensó que no le costaría nada acostumbrarse a aquello. Bueno, al fin y al cabo, la había invitado a cenar. ¿Por qué no pasarlo bien?

«Porque no es tu lugar». le recordó la voz de su conciencia. No debía confundirse. Sin él, ni siquiera la habrían dejado entrar.

—¿Señor Webb? —le dijo un camarero.

—¿Sí? —dijo él sorprendido.

—Lo llaman por teléfono.

Gabriel arrugó el ceño.

—¿Te importa que me vaya un momento?

—No... no —mintió Rachel.

—Bien —dijo él levantándose—. No tardaré.

Cuando se fue, se dio cuenta de lo sola que estaba.

—¿La ha abandonado?

La voz la sorprendió jugando con la copa y la mirada fijada en la mesa. Levantó la vista y se encontró con una mujer morena y delgada. Debía de ser poco mayor que ella, pero su porte y elegancia le conferían una madurez digna de envidia.

—Eh... lo han llamado por teléfono —contestó. La mujer se sentó en el lugar de Gabriel.

—No le importa, ¿verdad? Soy Louise Paterson. Y usted es...

—Rachel Kershaw —contestó Rachel estrechándole la mano—. ¿Qué tal?

—Bastante bien —contestó la otra—. Nunca la había visto por aquí antes, señorita Kershaw.

—Señora Kershaw —corrigió Rachel—. Soy viuda —añadió porque no quería dar lugar a malentendidos—. Llámeme Rachel. No, nunca había estado aquí antes.

—Bueno, debo decirle que todos le estamos muy agradecidos. Gabe estaba antisocial últimamente. Empezábamos a creer que nada iba a conseguir que saliera de su concha.

—Supongo que exagera —dijo Rachel avergonzada—. ¿Es usted amiga de Gabriel, señorita Paterson?

—Sí, mi marido y yo —contestó Louise dejando caer que estaba casada—. ¿Usted también trabaja en la industria farmacéutica, Rachel?

—No trabaja para mí, si es lo que quieres saber, Louise —contestó Gabriel secamente. Rachel lo miró aliviada. No lo había sentido llegar y, cuando él se sentó en el brazo de su butaca, creyó que se le cortaba la respiración—. Veo que ya os habéis presentado.

—Bueno, como eres un egoísta y la querías para ti solo, tenía que hacer algo —contestó Louise sin alterarse—. ¿Me estoy metiendo donde no me llaman?

—¿Te lo diría si así fuera? —dijo Gabriel algo más abatido que antes de ir a atender la llamada—. ¿Dónde está John o, tal vez, no debería preguntar?

—Hablando de negocios, como siempre —contestó Louise sin darle importancia—. ¿Por qué no os venís Rachel y tú con nosotros?

—Porque, como muy bien has dicho, la quiero para mí solo —contestó Gabriel poniéndole la mano en la nuca—. En otra ocasión, ¿de acuerdo?

Rachel sintió que se le disparaba el pulso. No solo porque él tuviera la mano en su cuello. ¿De verdad iba a haber otra ocasión? ¿Así lo quería Gabriel? ¿Y ella?

—Vaya... —dijo Louise—. No recuerdo la última vez que John me dijo algo así.

—Probablemente, porque nunca le has prestado demasiada atención.

Louisc hizo una mueca de disgusto.

—¡Hombres! Siempre os defendéis —dijo dándose cuenta de que llegaba otra per-

149

sona—. Ah, estás aquí, cariño. Le estaba diciendo a Gabriel y a su... amiga... cómo te desentiendes de mí.

—No se lo crea —protestó un hombre mucho mayor que ella—. Bebo los vientos por ella.

Gabriel se levantó para estrechar la mano a su amigo.

—Me alegro de verte, John. Tienes buen aspecto.

—Ojalá pudiera decir lo mismo de ti —contestó John Paterson—. Supongo que esta es la elusiva señora Kershaw. Me han dicho que salíais juntos. ¿Qué tal, señora Kershaw? Espero que mi mujer no la haya molestado.

—No más de lo normal —contestó Louise levantándose y poniendo la mano en el brazo de su marido

do—. Vamos, cariño. Gabe y Rachel quieren estar solos —añadió enarcando una ceja—. Eso ha dicho él.

—De acuerdo... —dijo John.

Rachel creyó que Gabriel les iba a decir que se quedaran, pero no fue así. Les sonrió y, cuando se hubieron ido, recuperó su asiento.

—Lo siento. ¿Te ha molestado Louise?

—No —contestó para tranquilizarle—. ¿Va todo bien?

Gabriel frunció el ceño.

—¿Qué? Ah, por la llamada. Sí, sí, todo bien. ¿Quieres otro vino?

Rachel dijo que no con la sospecha de que no todo iba bien, pero no se atrevió a insistir. Además, llegó el camarero con las cartas y se hizo el silencio durante unos momentos.

—El paté de salmón ahumado está bueno —dijo Gabriel. Rachel lo miró nerviosa.

—¿Sí? ¿Tú vas a tomar eso?

—No, yo solo voy a tomar filete y ensalada.

—Yo también —contestó ella dejando la carta a un lado—. ¿Hace mucho que conoces a los Paterson?

—¿Lo dices porque él tiene mi edad más que la tuya? —sugirió Gabriel.

Rachel negó con la cabeza.

—Es mucho mayor que tú —protestó—. Además, ¿eso qué importa?

—Tú sabrás —dijo Gabriel encogiéndose de hombros.

El camarero les anunció que podían pasar a la mesa del comedor. Estaba situada junto a un ventanal que daba al hoyo dieciocho del campo de golf.

—Qué vista tan bonita —dijo Rachel para intentar que Gabriel pensara en otra cosa. Parecía preocupado. Él miró por la ventana y asintió.

—Supongo que sí —contestó mirando la carta de vinos—. ¿Prefieres tinto o blanco?

—Lo que tú quieras —contestó—. Cuando tomamos vino, lo elige Hannah.

—Hannah —repitió Gabriel despacio, como si estuviera recordando por qué estaban allí. Pidió el vino y la miró fijamente—. ¿Cuánto hace que no le hicieron el último examen psicológico?

Rachel frunció el ceño.

—¿Por qué lo quieres saber?

Gabriel se encogió de hombros.

—¿Por qué va a ser?

—Bueno... me parece que no ha ido nunca al psicólogo.

—¿Nunca?

—No —contestó Rachel incómoda—. Solo tenía tres años cuando ocurrió el accidente.

—Sí... pero después de lo del domingo...

Rachel apretó los labios.

—Sabía que lo ibas a decir. ¿Por eso me has traído? ¿Para hacer de psicólogo conmigo?

—Sabes que no, pero si no quieres hablar de ello...

—¿Hablar de qué? ¿De que durante unos segundos la ayudaras a estar de pie? Siento desilusionarte, pero la he visto mover las piernas varias veces en la bañera. El doctor

Williams me ha asegurado que es solo cuestión de tiempo que se dé cuenta de que puede andar.

—Si tú lo dices.

—¿Resulta que tú lo vas a saber mejor? —le espetó. Gabriel no contestó—. Lo siento. Sé que lo haces con buena intención, pero... bueno, supongo que es un tema que me pone un poco nerviosa después de...

—¿Lo que te dije el fin de semana? Mira, es obvio que este no es el lugar ni el momento para hablar de tu hija. Será mejor que disfrutemos de la cena y dejemos a un lado un tema del que, evidentemente, no quieres hablar.

No era que no quisiera hablar de ello, pero se había pasado tantos años esperando verla andar y no había ocurrido, que no quería volver a albergar esperanzas.

La cena estaba deliciosa. Desgraciadamente, Rachel bebió demasiado. El camarero no paraba de llenarle la copa y ella se encontraba más segura de sí misma que nunca.

—Quiero que me digas una cosa —dijo Gabriel cuando les retiraron los platos—. ¿Crees que te he traído aquí para que conocieras a los Paterson?

Rachel se quedó helada.

—¿Por qué iba a creer eso?

—¿Por qué no? Un hombre mayor con una mujer mucho más joven.

—¡Oh, Gabriel! —dijo ella agarrándole la mano—. Los demás no me importan.

—¿Me estás diciendo que yo, sí?

—Sí, claro que me importas... Me importa mucha gente.

—No me refería a eso y lo sabes.

—No deberías preguntarme eso —contestó ella nerviosa.

—¿Ni siquiera si te digo que tú a mí sí que me importas? Más de lo que deberías, la verdad.

Rachel no sabía qué decir.

—¿Lo dices en serio? —preguntó. Se estaba dando cuenta de que se estaba metiendo en zona minada, pero no podía parar.

—Eso depende de ti —contestó.

El camarero les preguntó si iban a tomar café.

—Podemos tomarlo en mi casa, si quieres —sugirió Gabriel.

—¿En tu casa? No puedo. Mi coche...

—No creo que estés en condiciones de conducir —contestó él—. No estás acostumbrada a beber. No te preocupes. Mi conductor se ocupará de recoger tu coche y de llevarte a casa después.

Capítulo 11

DESPUÉS de qué?», se preguntó Rachel mientras el coche avanzaba por el camino de entrada de casa de Gabe.

En la oscuridad de la noche, el edificio parecía más grande, oscuro y amenazador.

—¿Y tu madre? —preguntó Rachel.

Gabriel suspiró.

—No está. ¿Por qué?

—Porque... creía que iba a estar —murmuró Rachel aunque la verdad era que no había pensado en ella hasta aquel momento.

—Está en Londres —dijo Gabriel abriendo la puerta—. ¿Pasas o le digo a Mario que te lleve a casa?

Rachel tomó aire. Por una parte, se alegraba de no tener que volver a ver a la señora Webb, pero, por otra, aquello quería decir que estaban solos. Bueno, estaba el personal de servicio, pero Rachel no creía que ellos se fueran a preocupar por que estuviera en apuros.

¿En apuros?

Sacudió la cabeza. Se lo estaba tomando

a la tremenda. No era una niña, era perfectamente capaz de cuidarse.

—Creí que... me ibas a invitar a un café —contestó con firmeza—. Además, Mario va a ir a recoger mi coche, ¿no? —añadió—. Si a él no le importa.

Gabriel sonrió levemente.

—Te aseguro que estará encantado de recoger tu coche y llevarte luego a casa —contestó mirando al conductor—. ¿Vamos?

Una mujer mayor a la que Rachel no había visto en su primera visita salió a su encuentro en el vestíbulo. No había mucha luz, pero la suficiente para ver que se sorprendió de verlos.

—No esperábamos que volviera usted tan pronto, señor Webb —dijo educadamente mirando a su acompañante con curiosidad—. ¿Desea algo?

—Sí, café para dos —contestó Gabriel—. Te presento a la señora Hamilton. mi ama de llaves, un verdadero tesoro —añadió dirigiéndose a Rachel.

La mujer sonrió.

—¿Qué tal está usted? —dijo Rachel sin saber muy bien cuál era el protocolo a seguir en aquella circunstancia.

—Encantada de conocerla. señorita... señora...

—Señora Kershaw —dijo Gabriel—. Tomaremos el café en el patio. señora Hamilton.

—Sí, señor.

La mujer los observó mientras Gabriel la conducía a un salón que no había visto. Encendió las luces y cerró las puertas. Rachel se sintió mucho mejor al estar solos.

¡Lo que debía de ser una estupidez en realidad!

—¿No deberías haberle dicho que soy viuda?

—No tengo que contar mi vida a mis empleados —contestó él yendo hacia los ventanales y abriendo las puertas que daban al patio—. ¿Vienes? —añadió encendiendo una luz amarilla y cálida.

Rachel se puso el chal, salió e inmediatamente sintió el olor de las flores. Geranios, alegrías, lobelias, celosías y enredaderas conferían al lugar un toque italiano. Rachel supuso que su madre había tenido algo que ver con la decoración.

Desde allí, se veía la piscina iluminada que habían visto la semana anterior al ir a las cuadras. Pensó en Hannah y recordó que habían ido allí por ella, así que decidió no confundirse y no pensar que aquello era algo más que una diversión pasajera.

—Hace una noche estupenda —dijo Gabriel, que se había quitado la chaqueta y se había desabrochado el primer botón de la camisa. Estaba aflojándose la corbata cuando vio que lo estaba mirando—. ¿Pasa algo?

Nada. «Todo», pensó Rachel cautivada por su atractivo.

—¿Qué iba a pasar? —dijo deseando tener más experiencia en aquellas situaciones—. Hace calor, ¿verdad?

—Cualquier lo diría viendo cómo te aferras al chal —bromeó él.

—Oh —dijo ella dejándolo caer hasta la cintura—. No estaba pensando.

—Me parece que estabas pensando demasiado —contestó Gabriel secamente. Dio a otro interruptor y se encendieron los focos acuáticos de la piscina—. Tranquilízate.

La señora Hamilton les llevó el café y eso le dio a Rachel unos segundos para recomponerse. Era evidente que no le podía ocultar nada. Debía mantener la cabeza fría aunque la belleza y la sensualidad del entorno fuera suficiente para hacerle perder la razón.

—¿Necesitaba algo más, señor? —preguntó la mujer tras dejar la bandeja en la mesa—. ¿La señora Kershaw se va a quedar a dormir?

—¡No! —contestó Rachel para que no hubiera dudas—. No, me voy después del café.

—Sí, señora —dijo la señora Hamilton

inclinando la cabeza—. Hasta mañana, entonces, señor Webb. Buenas noches, señora Kershaw.

—Buenas noches —dijo Gabriel.

Rachel se preguntó si lo habría molestado su negativa a quedarse. No lo parecía cuando le preguntó si quería leche y azúcar.

—Eh... solo, por favor —contestó girándose hacia él. Con la mesa en medio se sentía a salvo. Gabriel la miró con tristeza.

—Por si se te ha subido el vino a la cabeza, ¿no? —sugirió— No te preocupes, sé controlarme.

—Yo... yo... me estás haciendo pasar vergüenza —dijo Rachel.

—¿Y no me acabas de hacer tu lo mismo diciéndole a la señora Hamilton que te vas en cuanto te tomes el café?

Rachel se sonrojó.

—Eh... quizás —contestó dejando el chal en la silla de al lado—. Perdón, no debería haberlo hecho.

—A eso se reduce todo, ¿no? Te asusta estar a solas conmigo. Te da miedo lo que pueda hacer.

—No tengo miedo —contestó ella indignada.

—¿No? Bueno, si no soy yo quien te da miedo. ¿Quién es? ¿Tú?

—Puede.

—Rachel... —dijo dando la vuelta a la mesa para acercarse a ella. Al ver que la iba a tocar, Rachel se apartó bruscamente. Si la tocaba, estaba perdida. Pero él no lo entendió así.

Maldijo en voz alta.

—Tómate el café —le ordenó—. Ahora vuelvo.

—¿Dónde vas?

—¿Qué importa? —dijo él con amargura. Se desabrochó la camisa—. Me voy a dar un baño —añadió al ver que no dejaba de mirarlo.

—¿Un baño? ¿Puedes?

—¿Cómo que si puedo? —preguntó él bajando las escaleras que daban a la piscina—. Ah, lo dices porque mi madre te ha convencido de que estoy enfermo —se burló—. Bueno, ¿y a ti qué te importa?

Le importaba.

Rachel no quería admitirlo, pero era cierto. Al verlo sin camisa ni pantalones, se dio cuenta de cuánto. Era una locura. Nunca serían nada más que amigos.

Él la miró y Rachel desvió la mirada rápidamente. Se sentía como un voyeur, pero no podía evitarlo. El sentido común le gritaba que pidiera que Mario la llevara a casa, pero no dijo nada.

—¿Quieres bañarte conmigo?

—No, gracias.

Sin decir nada más, Gabriel se metió en el agua. Rachel lo miró temerosa de que estuviera desnudo, pero no era así. Llevaba unos calzoncillos de seda verde que le marcaban claramente las nalgas.

Rachel se dio cuenta de que aquel hombre le importaba más de lo que jamás había imaginado posible. Se estaba enamorando de él. Aquello era estúpido.

Gabriel seguía nadando sin mirarla. Rachel se acercó a los escalones. Esperó a que él llegara a aquel extremo.

—¿Crees que Mario habrá vuelto ya?

Gabriel apretó los dientes.

—¿Te has tomado el café?

—No me apetece —contestó ella—. No me gusta tomarme el café sola.

—¿Ah, no? —dijo él saliendo del agua—. Me ha dado la impresión de que mi compañía te molestaba.

—Yo no he dicho eso.

—No —dijo acercándose. Rachel estaba segura de que la iba a tocar y no sabía qué hacer. Sin embargo. Gabriel pasó a su lado sin rozarla—. Me voy a vestir.

Entró en la casa y Rachel soltó el aire que había estado conteniendo. Se dio cuenta de que había ropa dispersa por todas partes, así que la recogió y, sin saber muy bien lo que hacía, fue tras él.

No estaba en el salón ni el vestíbulo. Tampoco había señal de la señora Hamilton. «Mejor», pensó Rachel. No quería encontrarse con el ama de llaves con la ropa de Gabriel en la mano.

Miró la escalera apenas iluminada. Estaba segura de que Gabriel había subido. Vio que la barandilla estaba mojada y, sin pensarlo, subió.

Al llegar arriba, miró a su alrededor sin saber por dónde seguir.

Oyó un grifo abierto y avanzó por uno de los pasillos. Vio una puerta abierta y entró en una gran habitación. Gabriel debía de estar duchándose, así que se apresuró a dejar su ropa sobre la cama.

—¡Rachel!

Se volvió sorprendida porque seguía oyendo correr agua y vio a Gabriel con una toalla a la cintura.

—Eh... te has dejado la ropa... en el jardín —le explicó roja como un tomate—. No... no quería entrometerme...

—No pasa nada —contestó él nervioso—. Me iba a duchar.

—Ya.

Rachel observó el vello de su pecho, que bajaba por el vientre y se perdía más abajo. Se fijó en sus dedos, los mismos que la habían acariciado en las cuadras. Entonces, había sentido la firmeza de sus piernas y su excitación. Sospechó que estaba igual de excitado en aquellos momentos y no pudo evitar mirarle la entrepierna.

Dios, ¿cómo se le ocurría?

—Te... te espero abajo —dijo. Al ver que iba hacia ella, supo que había ido demasiado lejos. Lo vio en sus ojos y no opuso resistencia.

—Quédate —le dijo él con voz ronca. Le agarró la cara y la besó. Rachel se entregó a la necesidad que tenía de él.

Le puso las manos en la cintura y su pecho se apretó contra su torso. Nunca había estado tan cerca de un hombre, excepto de Larry, y no recordaba que inspirara en ella sentimientos tan profundos como Gabriel. Allí donde la tocaba, sentía una descarga eléctrica y, aunque nunca se había considerado una mujer sensual, se encontró arqueándose contra él, queriendo sentir hasta el último centímetro de su cuerpo.

—Dios mío, Rachel —dijo abrazándola con fuerza—. ¿Sabes cuánto te deseo?

—Creo que sí —contestó ella temblorosa.

Gabriel le deshizo los nudos de los tirantes.

—¿No... deberíamos cerrar la puerta?

—Nadie nos molestará —contestó Gabriel encontrando sus pechos—. Qué bonita eres —añadió acariciándole los pezones—. ¡Muy bonita!

Rachel sintió que se mareaba de la emoción. Tan mareada que agradeció verse en su cama. Gabriel se tumbó a su lado y le besó el cuello.

Sus bocas se volvieron a encontrar y se besaron apasionadamente mientras las manos de Gabriel se apoderaban de su cuerpo.

No llevaba sujetador y la falda no fue un gran obstáculo. Rachel creía que le iba a quitar también las braguitas, pero no lo hizo. Le separó las piernas, se arrodilló entre ellas y empezó a acariciarle los pechos.

Al sentir su lengua y sus dientes, Rachel creyó enloquecer. Se apoyó en los codos para facilitarle la tarea mientras gemía de placer.

Al sentir que su boca descendía hacia el vientre, se excitó todavía más. Lo único que deseaba era que siguiera bajando.

Y lo hizo. Sin prisas, le quitó las braguitas y le acarició el pubis. Rachel tuvo que gritar agonizante para que introdujera dos dedos en su cuerpo.

—Por favor —dijo.

—¿Qué? —bromeó él con una ceja enarcada—. ¿Quieres que te las quite? —añadió. Rachel asintió—. Quítatelas tú, hazlo por mí concluyó. Rachel se irguió y obedeció con dedos temblorosos.

—Ah, Rachel —gimió Gabriel—. Dime que me deseas.

—Te deseo, te deseo —contestó ella desesperada.

Gabriel la penetró con suavidad. Rachel temía que le fuera a doler, pero no fue así. Estaba encantada de sentirlo dentro y deseó que se quedara así unos segundos, pero él comenzó a moverse. Había sobrepasado el punto sin retorno.

—Lo siento —dijo saliendo y entrando acompasadamente de su cuerpo. Rachel sentía sus dientes en el cuello—. Llevo tanto tiempo deseándote...

—Yo, también —confesó ella.

Gabriel gimió de placer al sentir los primeros espasmos del orgasmo de Rachel.

Rachel se dio cuenta de que debía de ser muy tarde. Debía de haberse quedado dormida. No quería despertar a Gabriel, pero debía irse.

Pensó en el conductor, que debía de llevar horas esperando y se avergonzó porque estaba muy claro que el hombre sabría exactamente lo que habían estado haciendo.

«¿Estará acostumbrado?», se preguntó inquieta. «¿No seré una más?». Aunque le costara reconocerlo, Gabriel nunca había dicho que no viera a otras mujeres.

Aquel pensamiento hizo que se moviera.

—¿Dónde vas? —protestó él agarrándola del brazo y colocando una de sus piernas entre las de Rachel.

—Tengo que irme a casa —murmuró sintiendo su miembro cerca de su cuerpo.

—Claro, claro —se burló él tumbándose sobre Rachel—. ¿Crees que te voy a dejar marchar?

—Yo... Gabriel, no me quiero ir, pero...

—Pues no te vayas —dijo besándola en el cuello—. Yo te llevaré a casa por la mañana.

—No puedo...

—No, no puede —dijo una voz desde la puerta—. Dios, papá, ya sé porque la abuela me dijo que no viniera por aquí. Creí que sería por lo que hice. No pensé que era porque tú querías tener el camino libre para meter en tu cama a mi ex novia. Sé que le dijiste a la abuela que te daba pena porque tenía una hija paralítica y todo eso, pero me parece que te has pasado un poco, ¿no?

Capítulo 12

YA te advertí que era una locura».

Con las palabras de su madre dándole vueltas en la cabeza, Rachel intentó concentrarse en rellenar los pasteles. Normalmente, le gustaba, pero aquella mañana habría preferido no tener que ira trabajar.

Sabía que habría sido una estupidez. Aunque su vida privada fuera un desastre, el café le daba de comer. A Hannah y a ella, así que no debía permitir que lo ocurrido el viernes arruinara su negocio.

Aun así, le estaba costando mucho concentrarse en el trabajo. Estaba temiendo el momento en el que apareciera Stephanie. Se iba a dar cuenta inmediatamente de que había estado llorando.

Había conseguido no hacerlo durante todo el fin de semana, ni siquiera cuando Gabriel había aparecido en su casa y no le había abierto la puerta. Con una cobardía que no era propia de ella, le había pedido a su madre que le dijera que no se encontraba bien, lo mismo que le había dicho ella a Steph para no ir a trabajar el sábado.

Él no había insistido, lo que le había dado vía libre a la señora Redfern para el sermón del «ya te lo dije». Rachel se había sentido obligada a mantener la compostura en su presencia, pero ahora que no la veían ni Hannah ni ella, se había derrumbado y no sabía qué hacer.

Sintió de nuevo lágrimas en los ojos e intentó no llorar. «No creo que a los clientes les gustara encontrarse sal en los pasteles», pensó intentando poner una nota de humor a la situación. Pero la verdad era que la situación no tenía ninguna gracia y ella, ninguna esperanza.

Tomó una servilleta de papel y se limpió los ojos. ¡Menudo aspecto iba a ofrecer a su clientela! Se iban a creer que había ocurrido una desgracia familiar. Ella se sentía como si así hubiera sido.

Oyó la campana de la puerta y sintió pánico. Demasiado pronto para que fueran Stephanie o Patsy, así que...

Era él. Quiso morirse de vergüenza. Debería haber cenado la puerta con llave al entrar. Gabriel no cometió el mismo error. Estaba claro que no quería interrupciones ni huidas. De repente, se sintió mal por no haberse enfrentado a él el sábado por la mañana.

Se sonó la nariz con determinación y se giró para enfrentarse a él. Que pensara lo que quisiera. Probablemente, su hijo y él ya habrían compartido unas risas a su costa. Menos mal que Mario había recogido su coche y lo había dejado ante la casa con las llaves puestas.

—¿Estás lista para escucharme?

Aunque sabía que iba a decir algo así, a Rachel le sorprendió la dureza de su tono. Parecía estar pasándolo mal, pero no era así, claro. Aquello de intentar justificar lo injustificable debía de ser nuevo para él.

—Supongo. Si no hay otro remedio —contestó sin mirarlo a los ojos—. Espero que comprendas que, probablemente, no te voy a creer.

—Muy bien —dijo Gabriel—. Por lo menos, escúchame —añadió con una sonrisa irónica—. He llegado a pensar que iba a estar tu madre.

—Mi madre solo hizo lo que yo le pedí que hiciera.

—Y dijo lo que tú le dijiste que dijera, ¿verdad? Me lo imaginaba —comentó él apoyándose en la barra.

—¿Y? —dijo ella con firmeza—. No pretenderías que me creyera lo que Andrew y tú inventarais.

—¡Rachel! —exclamó él apretando los dientes y cerrando los puños—. Sé que estás enfadada, así que deja de hacer como si lo ocurrido no hubiera significado nada para ti. Para mí, significó mucho y te puedo asegurar que no he hablado de nuestra relación con mi hijo.

—¿No? —dijo ella con escepticismo—. Pero con tu madre sí. ¿Qué fue lo que dijo Andrew? Que te daba pena, ¿no? ¡No quiero tu compasión!

Gabriel suspiró.

—¿Me creerías si te dijera que no le he dicho nada a mi madre? Lo que Andrew dijo era la interpretación de mi madre de la situación, no la mía.

—Sí, claro.

—Es la verdad. Por Dios, Rachel, tienes que creerme. No he venido para que me rechaces de nuevo. Lo que ocurrió fue desagradable, pero no tenía ni idea de que Andrew iba a aparecer.

—Eso me lo creo porque supongo que lo último que querías era que tu hijo te viera en una situación tan comprometedora.

—No era comprometedora —exclamó Gabriel enfadado—. Para mí, no, desde luego. Había hablado con él. Estaba en Londres y supuse que se iba a quedar allí. Como de costumbre, Andrew solo piensa en él, así que decidió venir a verme en persona para que... cambiara de opinión.

—¿Sobre qué? —preguntó Rachel. No le

debería interesar, pero le interesaba.

—Bueno... quiere que... le dé más dinero —contestó Gabriel.

—¡Y viene en coche desde Londres en mitad de la noche para decirte eso? —dijo Rachel con escepticismo—. Y yo me lo creo.

—Los problemas de Andrew no tienen nada que ver con nosotros.

—No, la verdad es que no. Nada concerniente a ti ni a tu familia tiene nada que ver conmigo. Gracias por recordármelo.

—No he querido decir eso. Me refería a que...

—No te molestes en seguir. No quiero oír las mentiras que habrás inventado para explicarme por qué tu hijo aparece en mitad de la noche y nos pilla en la cama. Puede que Andrew tuviera razón, que quisieras mantenerlo a distancia hasta que consiguieras acostarte conmigo. Tal vez yo fuera un juego para vosotros. Él no lo consiguió, pero tú, sí.

—No hay nada de cierto en eso y lo sabes —contestó él furioso—. Muy bien, te voy a decir por qué quería verme Andrew en realidad...

Rachel se tapó los oídos.

—No quiero escucharlo.

—Pues lo vas a hacer —dijo él pasando detrás de la barra y agarrándola para que no se fuera a la cocina. Le quitó las manos de los oídos, se las puso a la espalda y la apoyó contra la pared—. Me vas a escuchar aunque sea lo último que haga.

—Suéltame —dijo ella temblando.

—No.

—Stephanie está a punto de llegar.

—Pues que lo oiga también. Ya va siendo hora de que se dé cuenta de que tú no eres la única víctima de esta relación.

—Tú no eres una víctima.

—¿Ah, no?

—No —contestó mirándolo a los ojos—. ¿Sabes qué? No eres mejor que Joe Collins.

Aquello era imperdonable. Rachel se dio cuenta en cuanto lo dijo. Gabriel no era como Joe. Nunca la había engañado. Ya no confiaba en él, pero era más culpa suya que la de Gabriel.

Demasiado tarde. Gabriel juró y la soltó.

—Puede que tengas razón —dijo. Rachel creía que iba a admitir que era como el electricista, pero no fue así—. Puede que mis problemas no tengan nada que ver contigo. Puede que esté perdiendo el tiempo preocupado por lo que puedas pensar de mí. Es obvio que lo que te preocupa es lo que piense Andrew.

—¡Eso no es cierto —exclamó consternada—. Andrew no me importa lo más mínimo...

—El problema es que creo que no te importa nadie —dijo Gabriel yendo hacia la puerta—. Adiós. Rachel. Dale un beso a Hannah.

Rachel nunca supo cómo consiguió aguantar las dos semanas siguientes. La rutina la ayudó a seguir adelante aunque por dentro estaba destrozada.

Su madre sabía que estaba peor de lo que quería hacer ver y la ayudó en todo lo que pudo. De hecho, nunca habría conseguido recuperarse sin ella.

Fue de gran ayuda contarle la verdadera razón por la que Andrew y ella lo habían dejado, que había sido la negativa de él a aceptar a Hannah como parte de su vida lo que había puesto punto final a su relación y no nada que su padre hubiera dicho. Andrew había insistido en que, si quería seguir con él, debería llevar a un internado a la niña.

Un día, unas dos semanas después de la escena con Gabriel, ocurrió algo que la alegró y la sacó de la desesperación en la que estaba sumida.

Llamaron del colegio de Hannah para decirle que fuera ella en persona a recoger a la niña aquella tarde. Le aseguraron que la pequeña estaba perfectamente, pero Rachel estuvo nerviosa toda la tarde.

—Por favor, espéreme —le dijo al taxista que la llevó—. No creo que tarde más de diez minutos.

La directora, la señora Gower. la recibió a las cinco menos cuarto. Se dieron la mano y le pidió que se sentara.

—¿Quiere una taza de té, señora Kershaw?

—No, gracias —contestó Rachel nerviosa—. Tengo un taxi esperándome. ¿Podría decirme por qué quería verme?

—Iré directa al grano. ¿Hace cuánto que Hannah puede valerse por sí misma?

—Hace años que sabe llevar la silla ella sola...

—No me refiero a eso. ¿Hace cuanto que se levanta de la silla sin ayuda?

—No... eh... no se levanta. No puede —contestó Rachel mirando a la mujer con perplejidad—. ¿Me está diciendo que lo ha hecho?

—Eso me han dicho. Creía que lo sabría.

—No —contestó Rachel. Recordó aquel día en Copleys—. Bueno, una vez se puso en pie, pero fue con ayuda.

—¿Cree que eso podría haberla animado a seguir intentándolo sola?

—No lo sé —contestó sorprendida—. ¿Cómo lo saben?

—Esta mañana, en clase de pintura, se le

ha caído un pincel y se ha levantado a recogerlo. Además, sus compañeros dicen que la han visto levantarse varias veces de la silla. ¿No sabía usted que el tratamiento ha mejorado su situación?

—Eh... no.

Rachel se dio cuenta de que llevaba dos semanas muy poco pendiente de su hija.

—Bueno, creo que Hannah quería darle una sorpresa. Eso es lo que nos ha dicho. Bueno, la ha examinado el médico del colegio y nos ha dicho que Hannah no anda porque no quiere y nos ha aconsejado que la vea un psicólogo infantil.

—¿Un psicólogo?

—Parece que hay algo del accidente o de antes que le impide andar —le aclaró la señora Gower.

Rachel pensó que era una ironía de la vida que el médico del colegio dijera exactamente lo mismo que Gabriel y su madre. Sabía que los Webb tenían mucha influencia, pero era una locura pensar que hubieran tenido nada que ver. No había vuelto a saber nada de Gabriel y todos los días intentaba convencerse de que era mejor así.

Al llegar a casa y contarle a su madre lo ocurrido, le preguntaron a Hannah qué había pasado.

—Ya lo sabes —contestó la niña—. La

señora Gower te lo ha contado.

—¿Puedes ponerte en pie? —preguntó la señora Redfern—. ¿Por qué no nos lo habías dicho?

—Porque no lo queríais saber —contestó Hannah con indiferencia—. El día que mamá y yo fuimos a casa de Gabe, me puse en pie, pero mamá me dijo que no lo volviera a hacer...

—Yo no te dije eso...

—Sí que me lo dijiste —contestó la niña indignada—. Cuando Katy me llevó a ver los caballos, dijiste que no le podía enseñar cómo me ponía de pie.

—Eso era diferente.

—De eso nada —dijo Hannah mirándola fijamente—. Katy me dijo que, si no podía andar, no podría montar nunca a caballo, así que... así que...

—Así que decidiste andar —dijo Rachel—. Dios mío, pequeña, ¿por qué no me has dicho nada?

—No soy pequeña —contestó Hannah—. Voy a volver a andar. Algún día. Aunque me has dicho que no podemos volver a Copleys, tal vez, si ando, Gabe cambie de opinión.

—¡Hannah! —dijo Rachel mirando a su madre con tristeza y sintiendo unas inmensas ganas de llorar—. Ya verás cuando se lo contemos a la señora Stone.

Capítulo 13

RACHEL estuvo todo el fin de semana pensando en lo que había dicho su hija. Quería que su hija volviera a andar, pero no así. No podía dejar de pensar, aunque fuera egoísta, que habría preferido que Gabriel no hubiera tenido nada que ver.

El lunes por la mañana, mientras caminaba hacia la parada del autobús, seguía sin aceptar que, sin la ayuda de Gabriel, podrían haber pasado años hasta que Hannah hubiera intentado algo. Tal vez nunca lo hubiera hecho. El doctor Williams había perdido prácticamente la esperanza, pero ahora existía una posibilidad de verdad de que Hannah volviera a andar.

Había hablado con el doctor el sábado por la mañana y habían pedido hora en el psicólogo.

Rachel se sentía en deuda con Gabriel. Se había repetido una y otra vez que había sido una casualidad, pero lo cierto era que él le había preguntado si la niña iba al psicólogo mucho antes que nadie.

¿Habría sido solo por pena, como había

dicho Andrew? Si su hijo tenía razón, solo se habría divertido con ella un tiempo. Al fin y al cabo, eso era lo que ella había creído desde el principio, que lo suyo estaba condenado a no pasar de algo temporal.

Al montarse en el autobús, revivió aquella aciaga escena de hacía dos semanas. Gabriel había intentado decirle algo y ella se había negado. Había intentado explicarle por qué había aparecido Andrew de repente y ella no había querido escucharlo. Ella había dado por hecho que Andrew había dicho la verdad, no había confiado en Gabriel. ¿Y si no hubiera mentido?

«No puede ser», se dijo mientras abría el café y quitaba la alarma. Era imposible que Gabriel estuviera realmente interesado en ella. Además, aunque lo estuviera, su familia nunca le permitiría cometer un error así.

Tomó el teléfono y pidió el número de Webb's Pharmaceuticals. Habló con la telefonista y le pidió su número personal, pero la mujer, muy amablemente, le dijo que le era imposible dárselo.

—¿Le importaría. entonces, llamar a Copleys y decirle que he llamado? —le pidió tras decirle que era una amiga.

—No tengo el número. Lo siento, señora Kershaw...

—Alguien lo tendrá que tener —insistió

Rachel. Quería hablar con él, necesitaba hablar con él—. Por favor, es urgente. ¿No lo tendrá el director, quizás?

Se hizo el silencio.

—Veré qué puedo hacer —contestó por fin la telefonista—. ¿El señor Webb tiene su número?

—Sí, pero se lo vuelvo a dar —contestó Rachel dándole el número del café—. Gracias. Muchas gracias.

—No le prometo nada —dijo la telefonista antes de colgar.

Una hora después, cuando llegó Stephanie, seguía sin llamar. Su amiga notó que había pasado algo y Rachel decidió no poner excusas y contarle la verdad.

—Sé que ha sido una locura...

—Tal vez, le hayan dado el recado y venga para acá —sugirió su amiga.

—¿Tú crees? —preguntó Rachel con los ojos como platos—. ¡Dios mío, estoy hecha un asco!

—Estás muy bien —contestó Steph—. Anda, deja de preocuparte y mete las pastas en el horno. Horno que no tendríamos sin él, por cierto. ¿Lo has olvidado?

—No he olvidado nada.

Y era cierto. Siempre que pensaba en lo que había compartido con él, sentía que la envolvía un dulce calor.

Cuando sonó el teléfono a las diez y media, Rachel tenía las manos llenas de harina. Patsy, que no sabía nada, respondió.

—Es el señor Webb —susurró sorprendida—. ¿Quiere hablar con él?

Rachel asintió y se limpió las manos a toda velocidad.

—Gracias, Pats —contestó. La chica se encogió de hombros y siguió limpiando mesas.

—Hola, Gabriel, ¿te han dado mi recado? —le preguntó deseando tener más intimidad de la que tenía.

—No soy Gabriel, Rachel —contestó una voz en tono divertido—. Soy Andrew. Lo siento, guapa, pero mi padre no está.

—Ya —contestó Rachel con tristeza.

—Me ha sorprendido la llamada de la telefonista de la fábrica. Veo que mi padre no fue tan tonto como para darte su número privado. ¿Se puede saber qué quieres de él? Deja de perseguirlo.

—No lo persigo.

—¿No? Entonces, ¿para qué lo llamas? No quiere nada contigo. ¿No lo entiendes?

—Solo quería hablar con él —insistió—. ¿Te importaría decirle que lo he llamado?

No está en Copleys —contestó Andrew—. Me parece que está en Siena, en Italia. Mi abuela quería presentarle a una mujer y ambos se fueron el viernes por la noche.

Rachel colgó el teléfono. No se creía la última parte, pero, si no estaba en el país, aquello era una pérdida de tiempo. Estaba claro que Andrew no le iba a decir a su padre que había llamado.

—¿Qué ha dicho? —preguntó Stephanie al ver a su amiga triste.

—Nada. No era él, era Andrew. Gabriel está en Italia con su madre.

—¿Lo vas a llamar cuando vuelva?

—No, no sé su número. Además, Andrew me ha dicho que no quiere nada conmigo.

—Desde cuándo crees lo que dice Andrew Webb? —le dijo su amiga marcando 1471. Esperó a que el contestador le faciliten el número desde el que acababan de llamar, lo anotó y se lo dio a Rachel—. Toma, el número que necesitas. Andrew está celoso, eso es todo.

—Gracias —contestó Rachel guardando el papel y
dándole a Steph un beso en la mejilla—. Eres una buena amiga.

Aquella noche, le contó a su madre lo que había hecho y se sorprendió cuando la señora Redfern no comenzó a gruñir en cuanto oyó el nombre de Gabriel.

—Supongo que tiene derecho a saberlo

—dijo su madre—, pero no sé cómo lo vas a localizar. A mí me habían dicho que estaba en Londres, pero si tú dices que está en Italia...

Rachel no sabía dónde estaba ni cómo ponerse en contacto con él. ¿Y si le había pasado algo?

Hannah tenía psicólogo la semana siguiente y, el jueves, la señora Redfern le dijo a Rachel que la fisioterapeuta había dicho que Hannah había mejorado mucho. Rachel ahogó sus penas en la alegría que le producía que su hija volviera a caminar. «Eso es lo más importante», se repetía una y otra vez.

A pesar de lo que le había dicho Andrew y de que Gabriel no daba señales de vida, ella no perdía la esperanza. Todas las mañanas se levantaba preguntándose si lo volvería a ver aquel día y todas las noches se acostaba con la amargura de que no hubiera sido así. Los días fueron pasando y Gabriel no apareció por el café. Andrew tenía razón. No quería nada con ella y debía dejar de pensar en él.

El viernes por la noche, sonó el teléfono en el café cuando estaba cerrando.

—¿Rachel?

Al oír su voz, tuvo que apoyarse en la barra.

—¿Gabriel? ¿Eres tú de verdad?

—Claro —contestó.

—¿Te han dado mi recado?

—No. ¿Qué recado?

Rachel estaba temblando tanto que le costaba mantenerse en pie.

—Intenté hablar contigo el lunes por la mañana. No tenía el número de tu casa, así que llamé a la empresa para ver si me lo podían dar. Quería hablarte de Hannah. Hace una semana, me llamó la directora de su colegio para preguntarme si sabía que se estaba levantando de la silla. Yo no tenía ni idea. Creía que seguía sin poder andar, pero no es así. Ha mejorado mucho —le explicó con muchos nervios. Gabriel no dijo nada y Rachel pensó que debía de darle igual—. Bueno, no creo que me hayas llamado para hablar de mi hija... ¿Qué tal estás? Andrew me dijo que estabas en Italia y...

—¿Andrew? —le espetó él—. ¿Has hablado con él? ¿Lo has visto?

—No —contestó Rachel indignada—. Claro que no. ¿Por qué iba a querer verlo? Quería hablar contigo, así que llamé a la empresa...

—Sí, sí —dijo Gabriel impaciente—, pero, ¿qué tiene que ver Andrew en todo esto? ¿Para qué lo llamaste?

—No lo llamé. Le dieron a él el mensaje.

—¿Dónde? ¿En la empresa? —preguntó Gabriel con escepticismo.

—No —contestó Rachel con un nudo en la garganta. Ya estaban discutiendo otra vez por Andrew—. Me llamó desde Copleys. La telefonista con la que yo hablé le dio el recado a él.

—¿Y dices que me has llamado para hablarme de Hannah? —preguntó él tras un silencio.

—Ahora me parece una locura, pero en el momento me pareció una buena idea. Supongo que te importará un bledo.

—¡No seas estúpida! —exclamó Gabriel con dureza—. Claro que me importa. Por eso te llamaba. A pesar de... bueno, a pesar de lo que ocurrió, no creo que tu hija tenga que sufrir las consecuencias de que su madre no quiera entrar en razón.

—Gracias.

Rachel se mordió la lengua para no preguntarle por qué la criticaba cuando él había hablado de su relación con Andrew, pero no se trataba de ellos, sino de Hannah.

—Me alegro de que haya mejorado —añadió Gabriel—. ¿Qué tal está? —preguntó con cariño.

—Bien —contestó Rachel sin saber cuánto más iba a aguantar sin perder el control—. La semana que viene va a ir al psicólogo, como tú sugeriste.

—Estupendo —dijo él emocionado—. ¿Y tú qué tal estás?

—Como has dicho antes, no estamos hablando de mis sentimientos —contestó Rachel—, pero, como podrás suponer, estoy encantada.

—No lo parece.

—Pues lo estoy —contestó—. Quería... darte las gracias. Si a Hannah no le hubieran gustado tanto tus caballos, tal vez nunca habría hecho el esfuerzo de intentar andar.

—¿Crees que fue importante?

—Sí. Quiere aprender a montar. Katy le dio la ida y se muere por... intentarlo.

Se iba a creer que le estaba pidiendo que invitara a Hannah a Copleys y esa no era la idea.

—Quiero decir —se apresuró a añadir—, cuando sea mayor. Espero que, para entonces, pueda andar perfectamente.

—Seguro que sí. Hannah es decidida. Como su madre.

Rachel no dijo nada. No podía.

—Le... diré a Hannah que has llamado —dijo en un hilo de voz.

Antes de que pudiera colgar, Gabriel soltó un improperio.

—¿Pero es que no podemos hablar más

que de Hannah?

Rachel luchó para no llorar.

—Creí que... creí que... eso era lo que tú...

—¿Lo que yo quería? Pues no... Sí, de acuerdo, ha sido la excusa para llamarte, pero, Rachel, necesito hablar contigo, por Dios. ¿Me has echado de menos?

Rachel no se lo podía creer. tú a mí?

—¿Y tu a mi?

—¿Y me lo preguntas? Llevo tres semanas pensando única y exclusivamente en ti.

Rachel no pudo evitar las lágrimas. Qué gran alivio oírle decir aquello.

—Oh, Gabriel, ¿lo dices en serio?

—No suelo decir cosas que no siento —contestó él.

—Dijiste que no me importaba nadie —le recordó.

—He dicho que «no suelo». Yo también digo estupideces. ¿Me perdonas?

—¿Me perdonas tú a mí?

—¿Estás llorando? —le preguntó. Rachel no contestó—. Voy a buscarte ahora mismo. Tardo cinco minutos.

—¿Cinco minutos? —repitió Rachel horrorizada—. ¡Te vas a matar!

—Solo si me choco con un camión al cruzar la calle. Llevo toda la tarde en el Golden Lion haciendo acopio de valor para ir a verte.

Rachel se quedó sin habla.

—No lo dirás en serio... ¿Para qué?

—Ahora te lo diré —contestó él con dulzura—. Ponte el abrigo, que está lloviendo.

Capítulo 14

PARA cuando apareció el Mercedes, Rachel había llamado a su madre para decirle que iba a llegar tarde, había apagado todo y había cerrado el café. Vio que era Gabriel quien conducía.

—Sube —le dijo.

Era hora punta y la calle estaba llena de coches. Gabriel apenas la miró. Tenía que concentrarse en el tráfico. Rachel iba sentada junto a él, clavando las uñas en el bolso que llevaba en el regazo y mirándolo de vez en cuando. Estaba pálido y parecía mayor. Sintió una punzada de culpabilidad al pensar que ella podría haber tenido algo que ver en ello.

—Lo siento —dijo él de repente refiriéndose al tráfico.

Rachel se dio cuenta de que no le había dirigido la palabra desde que se había montado en el coche.

—No es culpa tuya —murmuró mirándolo de frente—. ¿Qué... qué tal estás?

—¿A ti qué te parece? —dijo él. Rachel no contestó—. ¿Tan mal me ves? —rio—. Al menos, eres sincera.

Rachel suspiró.

—Pareces cansado. ¿Has empezado a trabajar otra vez?

—Todavía, no. Como te dijo Andrew, he estado en Italia. He ido a acompañar a mi madre, que odia volar solar.

Rachel tragó saliva.

—¿Qué... qué te ha contado Andrew de mí?

—¿Te importaría que llegáramos donde vamos antes de hablar de él? Te tengo que decir algo de él y prefiero no hacerlo al volante.

—¿Dónde vamos?

Estaba claro. A Copleys.

—Si no te importa, a mi casa —contestó Gabriel.

—¿Te ha dicho que nos hemos visto? —le preguntó sin poder esperar—. ¿Le has creído?

—Rachel...

—¿Sí o no? ¿Por eso me has llamado?

—Quería hablar contigo sobre Hannah, ya te lo he dicho.

—¿Por eso te has pasado toda la tarde en el Golden Lion, porque querías hablarme de Hannah?

—No —admitió—. Quería verte.

—¿Y por qué no has aparecido por el café?

—Sabes por qué.

—¿Ah, sí? —preguntó cuando estaban delante de las verjas de Copleys—. Para el coche, Gabriel, quiero saber exactamente qué te ha dicho Andrew.

No creyó que le fuera a obedecer, pero frenó.

—Te ha dicho algo, ¿verdad? ¡Y ni le has creído! —insistió con decisión.

—Sí, de acuerdo —admitió Gabriel—. Al principio, le creí. La noche que nos acostamos, te fuiste corriendo porque creíste lo que él dijo de que me dabas pena.

—Puede que tengas razón...

—Tengo razón. Mira, hay algo que tienes que saber de Andrew. La semana pasada, tuve que ir a Londres porque estaba detenido por tráfico de estupefacientes. Tuve que ir para buscarle un abogado.

—¡Oh!

—Sí. En su defensa, debo decir que él no estaba pasando drogas. pero silo pillaron en compañía de un tipo que se dedica a eso.

—¿Por eso volvió a Copleys?

—No —contestó Gabriel—. ¿Recuerdas que me llamaron durante la cena en el club? Fue Andrew. Necesitaba dinero y yo le dije que no se lo iba a dar para que se lo gastara en drogas, así que decidió venir a ver si tenía más suerte hablando conmigo cara a cara. No se esperaba encontrarnos juntos... aunque eso no justifica su comportamiento.

—No tenía ni idea.

—Ya lo sé, pero entiende por qué no quería decirte nada. A pesar de todo, es mi hijo. ¿Lo comprendes?

—Sí, pero me gustaría saber qué te ha dicho. Te ha dicho que llamé, ¿verdad? La telefonista puede confirmarlo.

—Sí —contestó Gabriel aferrándose al volante—. Me ha dicho que querías hablar con él.

—¿Con él? —repitió Rachel horrorizada—. ¿Para qué?

—¿Para qué iba a ser? Para recordar viejos tiempos, para decirle que te arrepentías de haberlo dejado.

—¡No!

—Admito que me costó mucho creerlo.

—Pero, ¿lo creíste?

—Supongo que, al principio, sí... Creo que es lo que siempre he creído que pasaría —contestó. Rachel lo miraba atónita—. Siempre he creído que era demasiado mayor para ti y que, en realidad, querías a Andrew. Es mi hijo. Supongo que habrá cosas de mí que te recuerden a él.

—¡No! —exclamó Rachel. No quería seguir escuchando aquello, así que le tomó la cara y le obligó a mirarla—. Él no es... ni la mitad... de hombre que tú —le dijo besándolo por todo el rostro hasta llegar a su boca—. No te pareces en nada a Andrew concluyó besándolo.

—¿Estás segura?

Rachel le pasó los brazos por el cuello y lo besó con pasión.

—Ponme a prueba —contestó ella.

—Es lo que pienso hacer, pero no cuando nos está viendo el guarda de seguridad en el monitor —dijo Gabriel soltándola y poniéndole un mechón de pelo detrás de la oreja—. Recuerda este momento y no te enfríes.

—No creo que pueda —contestó ella poniéndole una mano entre los muslos.

—Como vuelvas a decir algo así, no sé si vamos a llegar a la casa —le dijo poniendo el coche en marcha—. Menos mal que mi madre no está. No es el momento de dar explicaciones. Eso ya vendrá luego.

—¿Y Andrew?

—Está en Londres y esta vez estoy seguro.

Rachel se estaba duchando y vio que tenía muy buen aspecto. Claro, llevaba una hora en brazos de Gabriel, en su cama, dando rienda suelta a su pasión. Sonrió. Para lo mayor que parecía, se portaba de maravilla en la cama. Tenía mucho mejor aspecto y Rachel estaba orgullosa de sí misma porque sabía que ella había operado aquel pequeño milagro.

Cerró los ojos y disfrutó del agua que caía por su cuerpo. De repente, sintió unas manos en las caderas.

—Estabas tardando demasiado, así que he decidido venir a echarte una mano.

—¿Quieres ayudarme?

—Como siempre —contestó él poniéndose gel en la mano y acariciándole los muslos—. ¿Qué tal?

Rachel se apretó contra él y se dio cuenta de que estaba excitado, así que le acarició.

—Dios, Rachel —gimió—. Te deseo otra vez. No me canso de ti —añadió tocándole los pechos.

—Me voy a secar.

—¿Para qué? Te voy a volver a mojar.

—No podemos. ¿En la ducha...?

—¿Cómo que no? Es muy fácil.

Y lo fue.

—Dios mío, cómo te quiero —murmuró él al concluir.

—Yo... también te quiero —contestó ella con la certeza de que aquel hombre iba a formar parte de su vida.

—Supongo que voy a tener que vérmelas

de nuevo con tu madre porque, al fin y al cabo. va a ser mi suegra.

Rachel se quedó sin respiración.

—¿Ah, sí?

—¿Sí o no?

—Supongo... —contestó Rachel

Epílogo

SU primer hijo nació nueve meses después y Gabriel estuvo con ella en el quirófano para dar la bienvenida al mundo a su hijo.

Hannah lo recibió encantada. Llevaba años sintiendo envidia de sus amigas que tenían hermanos pequeños. Lo primero que preguntó fue que si la próxima vez podía ser una hermanita.

—Lo intentaremos —contestó su padrastro sentándola en su regazo.

—Primero habrá que dejar que tu madre se reponga —dijo la señora Redfern—. Además, desde que tú has vuelto a andar, nunca sabemos dónde estás.

Hannah sonrió.

—Suelo estar en las cuadras.

—Anda, vámonos a buscar a Joseph —dijo su abuela—. Tus padres querrán estar un rato a solas.

—¿Estás cansada? —le preguntó Gabriel acercándose en cuanto se fueron—. Solo han pasado unos días desde el parto.

—Estoy bien. ¿No sabes que hay madres que tienen a sus hijos y están trabajando al día siguiente?

—Espero que tú no quieras hacer eso.

Rachel sonrió.

—No, Stephanie se ha hecho cargo de todo.

—Me alegro porque me estaba preguntando si querrías venir a Londres conmigo la próxima semana.

—¿Y qué hacemos con...?

—¿Nuestro hijo? Va siendo hora de que decidamos un nombre. Lo llevaremos con nosotros, por supuesto. Y si Hannah quiere venir, que venga también.

Rachel apoyó la mejilla en su hombro y se sintió feliz. Tenía una hija que podía andar, un bebé guapísimo y al mejor hombre del mundo a su lado.

Los últimos meses, sin embargo, no habían sido siempre un camino de rosas.

Hannah había conseguido recordar gracias a la hipnosis que, poco antes del accidente, Larry había planeado dejar a Rachel y llevársela con él. Tras el accidente y cuando todavía no sabía que su padre había muerto, Hannah había decidido dejar de andar para impedir que la separara de su madre.

Rachel sabía que Larry y ella tenían problemas, pero no había sospechado que hubiera otra mujer. Hannah le había contado al doctor Matthews que su padre le había dicho que iba a tener una nueva madre. Rachel había descubierto que se trataba de una de las empleadas de la compañía de seguros en la que Larry había trabajado.

Gabriel la había ayudado en todo aquello y le estaba inmensamente agradecida. Cuando se enteraron de que estaba embarazada, ya estaban preparando la boda. La adelantaron de octubre a agosto y Hannah fue su dama de honor.

La madre de Gabriel y todas las tías habían asistido a la ceremonia y Rachel había aprendido lo que era formar parte de una familia italiana. El que no había ido había sido Andrew, pero en Navidad se había presentado en Copleys con regalos para toda la familia y se llevaba estupendamente con Hannah. Rachel todavía no confiaba en él completamente, pero sabía que lo conseguiría con el tiempo.

Hannah había dejado las muletas en Navidad y, para celebrarlo, Gabriel le había comprado un caballo.

—¿Qué te parece Jared? —preguntó Rachel mientras Gabriel le masajeaba la nuca.

—¿Quién?

—Jared Webb, nuestro hijo. Jared es bonito, ¿no?

—Me parece bien. ¿Y Benedict de segundo? Mi padre se llamaba así.

—Jared Benedict Webb —dijo Rachel—. J.B. Webb. Sí, suena muy bien, ¿verdad?

—Jared, no se hable más —contestó Gabriel—. Jared y Hannah. Sí, van bien.

—Andrew, Jared y Hannah —dijo Rachel—. No te olvides de él.

—Eres una mujer muy especial, Rachel Webb —dijo Gabriel besándola—. Sí, ha dejado las drogas y se ha metido en la empresa. Espero que sepa ver la suerte que tiene.

—Y tú, también —bromeó ella abrazándolo.

Gabriel la besó y le demostró que así era.